ある貴族令嬢……目の正直

藍野ナナカ

Nanaka Aino Presents

fairy kiss

この作品はフィクションです。
実際の人物・団体・事件などに一切関係ありません。

ある貴族令嬢の五度目の正直

fairy kiss

序章　騎士と軍馬

二十騎をはるかに超える一団が、デラウェスの領主館の前で馬を止めた。

いずれも王国軍の紋章の入ったマントを翻している。

甲冑《かっちゅう》も着用した重武装の騎士たちだ。

騎士たちが馬を降りると、待っていた従者たちが駆け寄って手綱を受け取る。馬は領主館の横の石畳の広場へと連れられていき、騎士たちは前庭に用意された白い天幕の下へと案内された。

馬たちが全て移動した後も、蹄《ひづめ》によって巻き上げられた土埃《つちぼこり》はまだ周囲を漂っていた。よく晴れているはずなのに、青い空は霞《かす》んで見える。

そんな空から目を離し、アデリアは水を飲む馬たちを眺めながら、ほうっとため息をついた。

「さすが王国軍騎士の軍馬ね。どの馬もとてもきれいだわ」

頭部にぐるぐると巻きつけた布の下で、うっとりとつぶやいた。

アデリアはデラウェス領主の娘だ。顔は土埃を避けるための布に隠れているものの、身分ある令嬢らしい上質なドレスを着て、長い髪は背中に垂らしている。

真っ黒な髪は癖が強く、風を受けると、すぐにふわふわと広がってしまう。アデリアはそれを煩わしげに背中に払いのけ、またたくましい軍馬たちに視線を戻した。

この広場は、古い時代に馬専用の水飲み場として作られた。

普段は洗濯物を干したり、薬草を干したり、子供の遊び場となったり、そういう使われ方ばかりだったが、今日は何十年ぶりかに王国軍の軍馬が集っている。実に壮観だ。

十六歳となって大人の仲間入りをしたアデリアは、領主の娘としてこの水飲み場の清掃の監督を任された。仕事は何日も前に終わっている。でもそのおかげで、こうして軍馬たちを見ていても不自然には見えないらしい。それがアデリアにはとてもありがたい。

「この仕事を割り当ててくれたお父様に、感謝しなければいけないわね！」

少し離れたところに控えている侍女たちに気付かれないよう、アデリアはこっそりとつぶやく。

それから改めて馬具を外して汗を拭われている軍馬たちを眺め、とても楽しそうに微笑《ほほえ》んだ。

デラウェス家にも騎士はいるし、軍用の馬も多数飼っている。

でも領主館に常駐する騎士たちの任務は、領主の警護がほとんどだ。領内の治安維持の任務をこなす隊以外は、領軍の騎士はほとんどが軽武装で過ごしている。たまに華やかな礼装もするものの、重武装をしてこの場所に集うことはほとんどない。

デラウェス領は、アデリアの記憶にある限り、とても平和なのだ。

しかし、王国の国境付近では紛争が多発しているという。王国軍の騎士が増援されるのだから、それなりに深刻な状況なのだろう。

今日訪れた騎士たちはそんな国境に向かう途中で、彼らの雰囲気はアデリアが知っている領軍の騎士より緊迫感がある。それは軍馬たちにも伝わるのか、並んで水を飲んでいるだけなのに、ぴりぴりとするような迫力があった。

まるで、王国建国時代の絵のようだ。

もう一度うっとりとため息をついた時、背後でざくりと土を踏む音が聞こえた。

「アデリア」

冷ややかな声に名を呼ばれて、慌てて振り返った。

背の高い青年が歩いてくる。アデリアと同じ少し癖のある黒髪で、まだ二十代半ばほどなのに見るものを圧倒する落ち着きがにじんでいる。

デラウェス家当主の長男バラム・デラウェスだ。

「あ、バラムお兄様……！」

アデリアは姿勢を正した。

長兄バラムとは八歳も年が離れている上に、領主の後継者としての姿しか知らない。だから、声をかけられるといつも緊張してしまう。

兄に対するにしては堅すぎる礼をしてから、頭に布を巻いたままだったと思い出す。急いで外そうとしたけれど、慌てすぎたせいか、布を地面に落としてしまった。

侍女たちが息を呑《の》んで足を踏み出す。アデリアは急いで自分で拾い上げ、恐る恐る兄を見上げた。

幸い、バラムは妹のことなど気にしていないようだ。何事もなかったように水飲み場へと目を向けた。

「馬を見ていたのか。そんなに馬が好きなのか？」

「は、はい、馬は好きです」

アデリアは硬い声で答える。バラムは顔を強張《こわば》らせている妹をちらりと見たが、やがて軽くため息をついた。

もしかして、気付かないうちに長兄の気に障ることをしてしまったのだろうか。

アデリアはひっそりと青ざめたが、バラムは表情を変えず、淡々と言葉を続けた。

「あれらは軍馬だ。そなたの馬ほど美しくはないし、大きくて気も荒いぞ」

「確かに毛並みの美しさは劣るかもしれません。でも、しっかりとしていて、たくましくて、とても頼りになりそうです。乗り手を守ってくれそうですし、生命力にあふれているというか、とにかくとても美しいと思います！」

「……軍馬を美しいと言うのか。そういえば、そなたは騎士をあまり怖がらなかったな」

アデリアは大きく瞬きをした。

怖いも何も、三人の兄のうち、長兄バラムを除いた二人は騎士だ。バラムも騎士以上の腕を持つ。剣を抜いた騎士は怖いけれど、そうでない時はむしろ穏やかな人が多いと思っている。

それとも、バラムの言葉には別の意味があるのだろうか。

もしかしたら政治向きの話なのかもしれない。そう戸惑いつつも、アデリアは答えの内容は迷わなかった。

「メイリックお兄様とマイズお兄様も騎士です。だから、騎士を特別に怖いと思ったことはありません」

「そうか。ならば、あの話は悪くはないかもしれないな」

バラムはそれだけ言うと黙り込んだ。

アデリアは緊張しながら、続くかも知れない兄の言葉を待つ。

普段は萎縮するだけなのに、大好きな馬について問われて、つい熱を入れて話しすぎてしまった。淑女であることを求められる領主の娘らしくなかったかもしれない。

長兄の不興を買ってしまっただろうかと身を縮めたけれど、叱責の言葉は降ってこなかった。

そっと目を上げると、アデリアと同じ水色の目はそれほど冷たくは見えなかった。それが優しさに見えて一瞬期待する。でも続いた声は、いつも通り冷ややかだった。

「アデリア。母上がお呼びだ。一緒に来るように」

バラムはそれだけ言って、妹の返事を待たずに背を向ける。どうやら、騎士たちが休憩に使っている天幕へ向かうようだ。

でも、なぜわざわざ呼ばれてしまったのだろう。

領主の奥方の仕事を手伝うためだろうかと思ったけれど、手は十分に足りていると今日の朝は言っていた。

首を傾《かしげ》げたアデリアは、領主の娘として紹介されるのかもしれないと思い当たる。ならば、急ぐべきだ。

風で絡まった癖のある黒髪を、手櫛《てぐし》で手早く整えて兄の後を追う。控えていた若い侍女たちも早足で続くが、アデリアはふと足を止めて振り返った。

昔風の馬用の水飲み場では、軍馬たちの世話をする従者たちがまだ慌ただしく働いていた。干し草も大量に運ばれている。

王国軍の騎士たちは、デラウェスを出発した後は次の宿営地を目指す。最終的には国境へと向かい、そこで国境の防衛にあたるのだとか。

あの美しくてたくましい軍馬たちも戦場へ出るのだ。

「……昔のデラウェスは、いつもこんな感じだったのかしら」

アデリアは思わずつぶやく。

いつまでも足を止めているから、侍女はそっと声をかけた。

「アデリアお嬢様。何かお忘れ物ですか？」

「いいえ、なんでもないわ。馬を見ていただけよ」

アデリアは明るくそう答える。

でも、長兄バラムが振り返って待っていることに気付くと、慌てて早足で兄の後を追っていった。


緊張して天幕へと赴いたアデリアは、そこで王国軍の騎士たちに領主の娘として紹介された。

それ以上のことはなく、思っていたより簡単に終わったとほっとした。

しかし、やはりそれだけで終わる単純な話ではなかったようだ。騎士たちが出発した後の夜、挨拶を受けた騎士たちの中に婚約者候補がいたことを父バッシュから告げられた。

「フェリック殿はパドーン家の三男だ。結婚が決まれば、二年後に王国軍から退役することになるだろう。少々無口な男だったが、悪い噂《うわさ》は全くない。そなたと結婚した後は、継承者不在で私が預かっている東の小領地を贈ろうと思っている」

それだけ言うと、バッシュは娘を見つめて反応を待つ。

長兄バラムが言っていたのは、このことだったのだ。やっと納得したアデリアは、フェリック・パドーンという人物を思い出そうとした。

真面目そうな人だったのは覚えている。物腰も落ち着いていた。顔立ちは……どんなだったか。

「パドーン家は家格が同じくらいですし、女性を大切にする家風があることで有名よ。フェリック殿も浮気を軽々しくするタイプではないと思うし、いいんじゃないかしら」

そう語る母ポリアナは笑顔だ。

時々恐ろしいほどの推察力を発揮するポリアナが言うのだから、きっと悪くない人なのだろう。

母の笑顔に気圧《けお》されながら、アデリアは兄バラムをこっそりと見た。

バラムはこの場では無言だった。でも反対するような様子はないし、迎えに来た時は、悪くはないと言っていた。

両親と兄がそう言うのなら、きっと今度は大丈夫だろう。

「アデリア。この話を進めてもいいか?」

バッシュは身を乗り出すようにしながら、娘の表情を探っている。

こっそり息を吐いたアデリアは、小さく頷《うなず》いた。

「はい。お願いします」

「そうか！　婚約してくれるか！　よし、すぐにパドーン家に使いを送ろう。ああ、その前に書状を書かねばならんな。誰か、紙の用意を！」

「父上、落ち着いてください。今日はもう遅い。書状のことも含めて、明日改めて話し合うべきです」

領主バッシュは、いつになく浮かれていた。それを長男バラムがため息交じりにたしなめる。ポリアナはもっと浮かれていて、息子の冷ややかな視線を気にせず、もう結婚衣装のことを侍女たちに相談し始めている。

アデリアは、兄がまたため息をついたのを見てしまった。

でも、この縁談は釣合いが取れている。きっと悪い話ではないし、両親も嬉《うれ》しそうだ。

それに、軍馬に乗る騎士たちは皆とても凜々《りり》しく、フェリックも立派な騎士だった。きっと馬もたくましくて美しかったことだろう。

「そのうち、軍馬も見せてもらえるかしら」

こっそりつぶやいてみる。心が躍ることはなかったが、特に悪い気分にもならなかった。

第一章　令嬢と悲劇

秋が深まるとともに、空は青く澄んでいた。

真夏には全てを焼き尽くすように輝いていた太陽は、今は弱々しく和らいでいる。太陽の光がたっぷりと降り注いでいるのに、空気はどこか冷たくて心地好《よ》い。

そんな晴れた日に、遠距離を駆けてきた騎馬がデラウェス家の領主館を訪れた。

パドーン家の紋章入りの旗を掲げる使者は土埃で汚れていた。しかし疲れた顔をしながらも、すぐに領主の執務室に通されていく。

それを見送った使用人たちは不安そうに顔を見合わせていたが、ほどなく領主が末娘を呼びに行くように命じたと知り、そっと首を振った。

あんな顔をした使者が、いい話を持ってきたわけがない。

やがて家令から、使用人たちに使者が伝えた内容の通達があった。領主の末娘に不用意なことを言わないように、という配慮のためだ。

使用人たちは予想が当たってしまったことを嘆き、気の毒な令嬢を思って心を痛めた。

◇

父の執務室に呼ばれたアデリアは、ひんやりとした風が流れる廊下を急いでいた。すれ違う使用人たちは一様に痛ましげに目を伏せる。アデリアに向けるお辞儀も、いつも以上に丁寧だ。

何かよくないことがあったようだ。

そう察したアデリアは、執務室の扉の前で大きく深呼吸をした。何度か繰り返すと、気持ちが少し落ち着いてくる。しっかりと覚悟を決めてから、アデリアは扉の前に立つ警備兵に頷きを送る。警備兵も一瞬だけ同情的な表情を浮かべ、すぐに表情を消して扉を開けた。

「お父様。アデリアです」

そう声をかけてから室内に入ると、執務机の横にいた美しい女性が立ち上がった。母ポリアナだ。何か言いたそうにしたけれど、何も言わずに執務机の前へと促す。

嫌な予感が強くなった。それを押し殺し、アデリアは大きな執務机の前に立つ。何かの書類を手にしていたバッシュは、深いため息をついて娘を見上げた。

「アデリア。その……そうだな。まずは座りなさい」

「はい。お父様」

私室ならともかく、執務室で椅子を用意されることは珍しい。

アデリアはますます緊張し、膝の上で手を握りしめてバッシュの言葉を待った。

バッシュの髪は、アデリアと同じ黒色だ。近頃は白髪の割合が増えてきたので、黒色というより灰色に見える。そんな白髪交じりの髪を撫《な》で付け、執務机の上に広げた書状に目を落としたバッシュは、額にシワを作りながら重い吐息をついた。

「アデリアよ。落ち着いて聞いてほしい。先ほどパドーン家から使者が来た。そなたの婚約者が――フェリック・パドーン殿が、戦死したようだ」

「フェリック様が……戦死、ですか？」

アデリアはゆっくりと瞬きをした。

一年前のちょうど今頃、国境へ移動中の王国軍の騎士たちがデラウェス領に立ち寄った。その時に顔を合わせ、婚約した相手がフェリック・パドーンだ。

そのフェリックが戦死したという。

アデリアは父の手元の書状に目を向けた。しっかりと厚い紙で、パドーン家の紋章が緻密に描かれている。パドーン領主からの正式な文書の証《あかし》だ。

バッシュはアデリアへ書状を差し出す。アデリアが手に取ると、またため息をついた。

「亡くなったのは一ヶ月前の戦闘中だったそうだ。あれからずっと前線に詰めているとは聞いていたが……残念だ」

父バッシュの重い声を聞きながら、アデリアは文書に目を通していった。確かに、戦死の日付は一ヶ月前のもの。ずいぶん前だ。

しかしバッシュの補足によると、当時の戦場はかなり混乱していたようで、パドーン家がフェリックの戦死の知らせを受けたのも二週間前だったらしい。デラウェス領とパドーン領の距離を考えると、対応を話し合ってからすぐ知らせにきたと言ってもいい。

パドーン家の精一杯の誠意だろう。

だからと言って、久しぶりに聞いた婚約者の消息が戦死の知らせというのはあまりにも残酷だ。

執務室にいる人々は、息を殺して年若い令嬢に同情の眼差《まなざ》しを向ける。

重苦しい空気の中、アデリアは書状を机に戻して目を伏せた。

領主の執務室は身じろぎもはばかられるような沈黙が流れ、やがてアデリアのため息によって破られた。

「そうですか。フェリック様は、お亡くなりになりましたか」

ため息に続いたのは、短い言葉だった。

領主である父バッシュは、しばらく娘の言葉を待っていた。しかし何も続かない。困ったように妻に目を向けると、ポリアナは娘のそばに駆け寄って、小柄な末娘を抱きしめた。

「アデリア。どうか気を落とさないでね」

ポリアナが、末娘の顔色を伺いながら声をかける。控えている侍女たちも、そっと目をそらして涙を拭った。

でもアデリアは……そんな周囲の同情を受けながら、居心地悪そうにこっそりと視線をさまよわせる。母の優しい腕の中で、アデリアはまた漏れ出てしまいそうになるため息を押し殺した。

周囲からの同情は痛いほど感じている。でもアデリアは「そうですか」以上の言葉を思い付かなくて困っていた。

動揺して言葉にならないとか、あふれそうになる涙を堪《こら》えるために言葉を短くしたとか、そういう悲劇的な理由ではない。

単純に、それ以外の言葉を思いつかないのだ。

それに涙も出てこない。

湧き上がるのは、驚きと、困惑。それに、少しばかりの焦りだけ。婚約者が死去してしまった今、年頃の貴族令嬢として切実で悩ましい事態になっている。

アデリアの母ポリアナは、二十五歳の長男を筆頭に四人の子供がいる。でもそう見えないほど若々しく美しい。

若々しいのは当然だ。十五歳で結婚して、第一子を生んだのは十七歳の時だったのだから。

今、アデリアは十七歳。

母が長兄を産んだ年齢となっている。一般的には出産して母になるには少し早い年齢だが、政略結婚が当たり前の貴族としては結婚適齢期の後期にあたる。

その上、戦死したフェリックはアデリアにとって四人目の婚約者だった。

四度の婚約を経験しているのに、まだ結婚していない。両親は全く問題にしていないものの、貴族令嬢の中ではかなり切羽詰まった状況だ。

それに、アデリアにはさらに気になることがあった。

「お父様。フェリック様が亡くなられたとなると、パドーン家との同盟はどうなるのでしょうか」

「ああ、それについては、先方から新たな縁談の提案があった」

バッシュは目をそらしながら別の書状を見せた。先ほどの手紙の続きのようだ。戦死したフェリックの代わりに、パドーン家から新たな縁談を持ちかけられている。

しかし、アデリアは首を傾げた。

記されてあるのは女性の名前。パドーン家の分家筋の令嬢のようだが……。

「これは、どういう意味なのでしょうか？」

「……パドーン家に、もう若い独身の男はいないのだ。分家にならば独身になっている男はいるが、孫がいる年齢でな。さすがにパドーン家も名前を挙げて来なかった。ゆえに、この令嬢と我が弟の縁談を進めたいと思っている」

「お兄様たちではなく、叔父様の後妻なのですか？」

「息子たちの相手にしては、その、少しばかり年齢が高いのだよ」

言いにくそうにつぶやいたバッシュは、アデリアと目を合わせない。名前の上がっている令嬢は、婚期をかなり逃した年齢のようだ。

こういう新しい縁組は、貴族階級の政略結婚にはよくあることだ。

アデリアはそう納得しているけれど、バッシュは不満があるらしい。額に深いシワを作りながら重々しく口を開いた。

「デラウェスとしても、パドーン家との同盟を維持したいゆえに、この令嬢との縁組を進めるしかない。だから、つまり……アデリアの縁談は完全になくなった」

「かわいそうなアデリア……」

ポリアナが顔を背けてそっと涙を拭う。

そんな母を視界から外し、アデリアはバッシュをまっすぐに見た。

「お父様。叔父様は奥様を亡くしてから寂しそうにしています。後妻を迎えるのはいいことでしょう。お兄様方の誰かとの縁組にならないのは残念ですが、叔父様は若々しい方ですし、ちょうど良いのではないでしょうか」

「う、うむ。わかってくれるか。……確かにな、弟には後妻を探してやりたいと思っていたところだった。件《くだん》の令嬢は、容姿と年齢はともかく、性格は非常にいい娘さんでな。そなたの婚約の折に何度かパドーン家に赴いた時には、いろいろ心配りをしてもらったぞ。どうしてこんな良いお嬢さんが行き遅れてしまったのかと……いや、その」

妻に睨《にら》みつけられ、バッシュは慌てて口をつぐんだ。

今は弟の後妻になるであろう令嬢を褒めている場合ではない。そもそも、このままでは自分の娘が「行き遅れ」になってしまうことを失念しただけでも大失態だ。

頼りにならない夫に冷たい視線を向け、ポリアナは娘の手を柔らかな両手でそっと挟み込んだ。

「アデリア、ごめんなさいね。わたくしたちも見通しが甘かったわ。フェリック殿は騎士として前線に出ることはわかっていたのに、あなたの相手に選んでしまったのだもの。次は、次こそは実戦に出る騎士は選ばないわ。ええ、絶対に戦死しないような、安定した殿方を探し出してあげますとも！」

ポリアナは涙を浮かべながら強い語調で言い放ち、娘の細い手を握りしめる。柔らかくて女性らしい手につつまれ、アデリアはそっとため息をついた。

父も母も、アデリアのことを大切にしてくれているのはわかる。

でも、少し過保護すぎる。

政略結婚のことは理解しているし、貴族の娘として生まれたなら、家のための結婚をするのは当然だ。騎士が戦死することも仕方がないとわかっている。そのくらいは理解できる。

十七歳という年齢は、もう子供ではないのだ。

そんな内心の小さな苛立《いらだ》ちを押し殺し、アデリアは精一杯の微笑みを作った。

「お母様。私は落ち込んでいません。実を言うと、フェリック様がどんな方だったか、お顔をよく思い出せなくて申し訳ないくらいです。それから新しい相手についても、私はお母様ほど美人ではないのはよくわかっていますから、贅沢《ぜいたく》は言いません」

「まあ、アデリア、あなたはとてもかわいいわよ！　王都のどんなご令嬢より殿方の心をつかむことができるでしょう。でもね、あなたの気持ちを一番大切にしたいと思っているの。どんな男性が好きかしら。誰か、好きな人はいる？」

「……いません」

「そうなの？　でも少しでもアデリアの好みの相手がいいわね。周辺との同盟はしっかりできているから、これ以上政略結婚をする必要は特にないのよ。ご兄弟とかご親戚に騎士がいて、一緒に来ていただける方が望ましいけれど、そうでない方でもあなたの気持ちを優先してあげられますよ！」

「全てお任せします」

こっそりため息をつき、アデリアは立ち上がる。

ポリアナも慌てて追いすがった。

「アデリア、どこへいくの!?」

「気分転換に、書物室へ行ってみようと思います」

「ああ、そうだな。それで気分が晴れるのなら、ゆっくりしてくるといい」

「いけませんわよ、あなた。アデリアとはもう少しお話を……！」

「それは後にしよう。今は一人にさせてやろうじゃないか」

こそこそと言い合う両親の声を聞きながら、アデリアは足早に執務室を後にした。


廊下に出ると、アデリアはそっと息を吐いた。

過剰な同情の空気から解放されて、やっとゆっくりと考えることができる。肌寒いほどの冷たい空気も心地好い。

時々通り抜ける風を頬に感じながら、いつもの歩調で歩いた。

「結婚したらお互いのことを知ることができると思っていたけれど、結局、何も知ることはできないままになってしまったのね」

「お嬢様……」

後ろを歩く侍女たちが、おろおろとしながら顔を見合わせる。

優しい侍女たちを安心させるために微笑んだアデリアは、歩きながら婚約者の死について考えてみた。でも、いくら考えてもどうにもならない。

「いろいろ、仕方がないわよね」

独り言のようにつぶやくと、一緒にため息が漏れてしまった。

侍女たちは何か慰めようと一生懸命になっている。でも侍女たち自身が泣きそうになっていて、声が全く出ないようだ。

アデリアはもう一度笑みを向け、それから頭を振って書物室へ足を向けた。

婚約者だったフェリック・パドーンと一年前に直接顔を合わせた時は、フェリックが名乗り、アデリアは目礼を返した。

顔立ちは、今となっては全く思い出せないけれど、とても礼儀正しい人だった。領主同士の交流のついでにお互いに何度か短い手紙を添えあった時には、誠意を感じた。

でも、それだけだ。

前線にいる騎士だったこともあって、それ以上の交流はなかったから、出来のいい肖像画に対するより少しましな程度の関心しかない。そのせいか、フェリックが死んだと聞いても特別な感慨は湧かず、婚約者の死を聞いたのに少しも涙が浮かばない。

アデリアはそっとため息をついて、廊下の角を曲がった。

領主館には折れ曲がった廊下がある。

増改築を繰り返した結果出来上がったもので、領主の執務室から書物室へと向かうには何度も角を曲がらなければならない。

その最初の角を過ぎてすぐに、アデリアは足を止めた。

廊下の先に、深刻そうな顔で立ち話をしている人たちがいた。アデリアに気付くと、二人は壁から離れて歩いてくる。

どちらも二十代半ばの若い男だ。

一人は黒髪、もう一人は赤みの強い茶色の髪をしている。二人の顔立ちは全く違うはずなのにどことなく似通っていて、表情は正反対に近い。アデリアの兄たちだ。

アデリアが慌てて頭を下げると、黒髪の兄——長兄バラムがまず口を開いた。

「父上の部屋からの帰りか？」

「は、はい、バラムお兄様。……あの、メイリックお兄様も、今日はこちらにお戻りになっていたのですね」

「パドーン家からの使者の護衛として一緒に来たんだ。それより……大丈夫か？」

すぐ前に立った赤髪の次兄メイリックは、腰を屈《かが》めて妹を覗《のぞ》き込む。

平均より少し小柄なアデリアに比べ、兄たちは長身だ。三人の中ではやや背が低めのメイリックでも、アデリアよりはるかに高い。

そんな二人にそばに立たれると、かなりの圧迫感がある。

でもアデリアは怖いとは思わない。メイリックはとても心配そうな顔をしているし、六歳離れているものの、幼い頃から比較的馴染《なじ》みがあるのだ。

「私は大丈夫です。でも、お母様はショックを受けているようでした」

「ああ、母上のことなら気にする必要はない。弱そうに見えて、あの人は意外に強いんだ。そうだろう、兄上?」

「そうだな。母上はすぐに立ち直る。だが……」

メイリックより少し離れて立っていたバラムは、アデリアへ一歩近付いた。

鋭い水色の目が、同じ色の妹の目を見つめる。思わず背筋を伸ばしてしまうアデリアに、いつも通りの感情を抑えた顔で言葉を続けた。

「フェリック殿のことは残念だった。そなたとうまくやっていける男と思っていたのだが」

「バラムお兄様がそうおっしゃるのなら、きっと立派な方だったのでしょうね」

「そうだな、戦死を惜しいと思えるくらいには良い男ではあった」

淡々と言って、ふと口を閉じる。

それからアデリアの頭に手を乗せて、びくりと震えた頭を軽く撫でた。

「惜しい男ではあったが、比類なしというほどでもない。あの程度の男なら他にもいる。そなたと共に、馬を見てくれる男もいるだろう」

身を硬くしていたアデリアは、思わず長兄を見上げた。

長兄バラムの前で馬を見たのは、一年前の王国軍の軍馬を見ていたあの時だけだ。それをまだ覚えているらしい。

冷たいようで、バラムは思っていた以上にアデリアのことを見ている。次期領主ならこのくらいの目配りは当然なのかもしれないけれど、最近は時々、こういう言葉をかけてくれるようになった。

アデリアが十七歳になって、顔を合わせる機会が増えたからかもしれない。

年が離れていることもあって、バラムは基本的にアデリアには構ってくれない。でも、嫌われているわけではないようだ。

それがなんだか嬉しくて、アデリアは思わず微笑む。

非常に珍しいことに、バラムは笑い返してくれた。同じ髪と目の色の長兄の笑顔は、意外に優しく見えた。

アデリアはぽかんと見上げてしまう。この場に居合わせたメイリックも、母親似の華やかな容姿が台無しになるほど驚いた顔をした。

そんなメイリックの表情が気に障ったのか、バラムはすぐに笑みを消す。アデリアの頭に触れていた手も離した。

「アデリアは、どこかへ行く途中だったのか?」

「書物室へ行ってみようかと……」

「そうか。引き止めて悪かったな。もう行きなさい」

「はい。失礼します」

アデリアは何度も瞬きをして背筋を伸ばす。

長兄の冷ややかな声にまた緊張してしまったものの、メイリックの明るい笑顔を受けて、少し気分が楽になった。

アデリアが生まれたデラウェス家は、広大な領地を有した大領主だ。

大領主たちは国王に恭順を示して王国を支える貴族であり、そのために「貴族領主」とも呼ばれている。

貴族領主たちは、広大な領土とともに、独立した軍事力も有する。領軍と呼ばれる私有軍は、有事には国王のために差し出すことになっていて、また平時においては、国王直属の王国軍の軍備費用を貴族たちが負担する。

その代わりに領内の独立が認められており、領主とその一族は小王国の王のように領地を治めている。

王都近辺では優雅な生活を送っている貴族たちもいるようだが、領主は一族から騎士を出すことが習わしだ。これは貴族たちが戦士階級だった昔から変わらない。

また、一族以外からも騎士を集めていて、召し抱える代わりに一代限りの小領地を俸禄《ほうろく》として与えている。

そういう騎士たちが受け取る小領地とは別に、半分独立した小領地が存在する。

こちらの領主は世襲で引き継がれ、有事には配下を引き連れて貴族領主の私有軍に加わる義務を負う。領主は「騎士領主」と呼ばれ、必ず実戦に出る騎士でなければならないと王国法で定められている。この法のために、後継者がいない場合は領主不在として大領主に返還されてしまうことも少なくない。

亡きフェリックに与えられる予定だったのは、そんな小領地の中でも特に豊かな東部の地だった。しかし縁談が消えた今、東の小領地はまたデラウェス家の預かりになる。

管理に人を送っているとは聞いている。

でもアデリアの結婚が遠のいたままでは、いつかは目が行き届かなくなって、豊かな土地も荒れてしまうかもしれない。そういう事例は過去の記録に何度も出てくる。

「……本当に、困ることばかりよね」

アデリアはこっそりとつぶやき、侍女が開けた扉を抜けて書物室へと入った。

書物室と呼ばれているのは、権威の象徴として作られた場所だ。広大なデラウェス家の領主館の中でも、特に贅沢な仕様になっている。

書物室の名の通り、書棚にはさまざまな書物が並ぶ。

書物が高価で希少だった時代のものはもちろん、最近の最高級の装丁を施したものまで、部屋の中央の大きな棚に集められている。中央の棚の他に、広い部屋の壁にはぎっしりと書物を収めた棚が並んでいて、その高さは高い天井まで及んでいるところもある。

書棚から離れた壁には、明るさを取るためにガラスをはめた窓が作られている。

椅子も上質のものをゆったりと置いていて、燭台《しょくだい》も実用的というより装飾的なものばかり。広い空間と豪奢《ごうしゃ》な調度を揃《そろ》えた場所だから、来客をもてなす場所としても利用されていた。

しかしアデリアは、贅沢な雰囲気を味わうつもりで訪れたのではない。

いつもなら書棚が狭い間隔で並ぶ区画へ行って、各地から集められた地理や歴史の本を読むのだが、今日はそんな棚の前も素通りする。

向かった先は書物室の隅。

領主館の歴代の夫人たちが集めた絵物語が収められている場所だ。

周辺は穏やかな色合いでまとめられ、燭台も金箔《きんぱく》を貼ったような豪華なものではない。窓枠はすっきりとした木製で、出窓の前には作り付けのベンチがある。この一画だけ絵物語にありそうな昔の時代の雰囲気がそのまま残っていて、女性たちが好んで利用する。

アデリアも、幼い頃はここによく連れられてきた。

棚に並ぶ絵物語は、美しい絵と簡易な文章によって構成されている。

もともとは読み書きが苦手な女性たちのために作られたものだが、今では娯楽として定着している。内容は女性たちに人気のある恋物語ばかり。年端もいかない少女から嫁ぐ直前の令嬢まで、デラウェスの娘たちは夢中になって読んでいた。

でも幼い頃のアデリアは、そんな恋物語より祖父が読んでくれる風土記のほうが好きだった。自分でもっと読みたくて文字を覚え、難しい文章も読めるようになった。

なのに、お節介な従姉妹《いとこ》たちは「女の子はこっちも読んでおくべきよ！」と無理やりにここに誘い、アデリアは絵物語を一緒に読む羽目になった。

そんな従姉妹たちも、皆それぞれ嫁いでいったから領主館にはいない。

兄たちに婚約者はいないから、結婚して子供をもうけるのはまだまだ先になるはず。やがて生まれる子供たちが文字を覚え、本を読むようになるまで、この一画は静かなままだろう。

その静かな空気を乱さないように静かに歩く。絵物語を収めた棚の前で足を止めると、侍女たちを振り返った。

「少し、ゆっくり見てもいいかしら」

「かしこまりました」

アデリアの心情を過剰に想像している侍女たちは、ほのかに涙ぐんで離れた。

また何か誤解をしているようだ。でも一人で落ち着きたいとは思っているから、アデリアは何も気付かなかったことにする。侍女たちに背を向けて、棚に並んでいる絵物語をじっと見た。

背表紙を眺め、迷いながら一冊を選んで、パラパラとめくって、また棚に戻す。

それを幾度か繰り返していると、背後でわずかに床が軋《きし》む音がした。

「アデリアお嬢様。何かお探しですか？」

穏やかな声だった。

急いで振り返らなくても、誰なのかを迷うことはない。きっと声をかけてくるだろうと予想もしていたから、慌てることもない。

領主の末娘に相応《ふさわ》しい威厳を保ちながら、アデリアは振り返る。品の良い微笑みを浮かべた顔には、顔馴染みへの気安さから、ほんの少しだけ柔らかな表情が混じっていた。

「お邪魔しているわ。司書殿」

アデリアの笑みを受けて、書棚の前に立つ男が手を胸に当てて頭を少し下げた。アデリアがいる場所に比べると薄暗いところにいるけれど、司書の制服を着ていることはわかる。

再び顔を上げた司書は、アデリアが手を伸ばしていた棚へと目を向けたようだ。無造作に伸ばしている金髪が、ゆるりと光を反射した。

「これは、お嬢様にしては珍しいものをご覧になっていますね」

「たまには、こういうものも読んでみようと思ったの。でも、昔読んだ絵物語を探したいのに見分けがつかないわね」

「確かに、似たタイトルが多いかもしれませんね。あらすじはわかりますか？　お探ししますよ」

低く落ち着いた声にそう言われ、アデリアはほっとした。

思いついた言葉を含むタイトルの絵物語を手に取ってみたけれど、どれも違うようで困っていたのだ。

書棚から少し離れ、アデリアはかなりうろ覚えのあらすじを並べた。

「最終的にどうなったかは覚えていないけれど、主人公は貴族令嬢で、悲恋ものというのかしら。一度しか会ったことのない婚約者がいたのに死んでしまって、その後、主人公は泣き暮らしていたと思うわ」

それを聞いた途端、壁際に控えている侍女たちが一瞬息を呑んだ。司書もわずかに身じろぎをする。

しかし司書は何も言わず、アデリアに椅子を勧めて棚へとゆっくりと歩く。その動きに淀《よど》みはないが、足を少し引きずっているように見えた。

「……恐れながら」

棚の前で足を止めた司書が、ちらりと振り返った。

司書の足取りをついじっと見ていたアデリアは、内心では少し慌てたが、表面上は何事もないかのように微笑みを浮かべる。

司書は、少しためらってから言葉を続けた。

「お嬢様は、本当にそういう話をお探しなのでしょうか？」

「急に思い出して気になったのよ。これだけでは探すのは難しい？」

「……大丈夫です。『一度しか会ったことのない婚約者の訃報を受けて泣き暮らすご令嬢』の話なら、心当たりがあります」

司書の声は、やや硬い。

しかしそれ以上は何も言わず、ぼさぼさの金髪を少し手でかきあげて、棚の前で腰を屈めた。

アデリアは姿勢良く座ったまま、司書の少し丸まった背中を見ていた。

この金髪の司書とは、最近はよく顔を合わせている。

穏やかな話し方が祖父や司書長に少し似ていて、話しかけると丁寧に対応してくれる。王都や他領のことに詳しいようで、王国の地理についての本を読んでいた時には、アデリアがふと漏らした疑問にさらりと答えてくれた。

いつも静かな物腰で、でも不思議と堅苦しさは感じない。

書物室にいるのが当然のように思えるけれど、騎士たちを迎える準備のために領主館中を確認して歩いた一年前は、この司書はいなかったと思う。

それを考えると、領主館で働くようになって一年も経《た》っていないはずだ。なのにこの司書は領主館に馴染んでいて、古参の使用人たちにも一目置かれている様子がある。

アデリアが気にしてしまうのは、それだけではない。

金髪の司書が着ている制服は、とても大きく作られているらしい。簡素なベルトで締めた腹部は、いつ見ても布がたっぷりと余っている。姿はとても大きく見えるけれど、それが司書の体の大きさからきているのか、ぶかぶかの制服のせいなのかはわからない。

その上、髪はぼさぼさに伸びていて、頬には伸ばしている途中のようなヒゲがある。

初めてこの司書を見た時は、熊のようだと思ってしまった。

敢《あ》えて口に出したことはないけれど、もっと体に合った服を着て、背筋を伸ばし、髪は結うなり切るなりすればすっきりするだろうに、といつも気になってしまう。

その丸まった背中が一層丸くなり、司書は一冊の絵物語を手にとった。

表紙には百合《ゆり》の花の絵が大きく入っていて美しい飾り文字で『白百合に誓う愛』と綴《つづ》られている。

表紙を見た侍女たちは、ほっとしつつも困った顔をした。

「こういう恋物語は侍女殿のほうが詳しいと思いますが、お嬢様がお読みになったとすればこれではないかと。……侍女殿たちのご様子を見ると、これで間違いないようですね」

「ありがとう。読んでみるわ」

司書は足を引きずるようにゆっくり歩いてきて、絵物語を差し出した。アデリアのすぐそばに立っているのに、見上げても顔立ちはよくわからない。髪とヒゲが邪魔だ。もっと覗き込めば見えるだろうけれど、アデリアとしてはそこまで無理を強いるつもりはない。

それに、表紙になんとなく見覚えがあった絵物語が気になるので、さっそく開いてみた。

絵物語は文字に強くない人々を意識して作られているから、数頁《ページ》めくるたびに美しい絵がある。年若い少女でも読み進められる簡易な文体ながら、劇的な恋物語が展開していく。

とある貴族の令嬢が、一度だけ顔を合わせた若き騎士と婚約する。しかしその騎士は戦死してしまい、令嬢は泣き暮らす。

ここまでは、アデリアの記憶の通りだ。

でもこの話を読んだ当時の幼いアデリアは、恋物語には全く興味がなかったようだ。大胆に読み飛ばしていたらしく、全く覚えていなかった設定があった。

「……そうなのね。一目惚《ひとめぼ》れだったのね」

パラパラとめくりながら、アデリアはつまらなそうにつぶやいた。

「だから、このご令嬢は泣き暮らしたのね。婚約者を突然失ったのは同じなのに、涙が少しも出ないから困っていたのよ。私がおかしいわけではなかったのね」

「アデリアお嬢様」

控えていたぼさぼさ髪の司書が姿勢を正した。アデリアが顔を上げると、相変わらず背中は丸かったが、それなりに見栄えのする恭しい礼をした。

「婚約者様がお亡くなりになったと聞きました。どうか、気を落とされませぬよう」

「いやだわ、もうあなたにまで伝わっているの？　でもお心遣いありがとう」

アデリアは苦笑しながらそう言って、手に持っていた絵物語に目を落としてため息をついた。

「お嬢様？」

「……こんなこと、口にしてはいけないのかもしれないけれど、私、本当に涙が出ないの。お父様もお母様も、気落ちするなとおっしゃるけれど、少しも悲しくないのよ。確かに、また婚約者がいなくなったと思うと残念だと思うわよ？　でも、それは『残念』であって『悲しい』ではない。涙が出ることではないの。一回見ただけのきれいな馬が死んだと聞いた時と同じというか、むしろそちらのほうが悲しい気がするわ」

「そうですか」

司書は困ったように短くつぶやいた。

いつもの調子で、つい正直な言葉を漏らしてしまったけれど、婚約者と馬を同列で語るようなおかしな愚痴なんて聞きたい人はいないはず。これ以上つまらない愚痴をこぼして、相手を困らせてはいけない。もう部屋に戻ったほうがいいだろう。

アデリアが立ち上がると、ぼさぼさ髪の司書はテーブルに置いたままだった絵物語を差し出した。

「お嬢様は、この話を最後まで読んでいないのではありませんか？　覚えていないことも多いようですし、気分転換にお持ちください」

「持ち出していいの？」

「今は、ここに来る若いお嬢様方は他にはいらっしゃいませんから。読み終わりましたらお知らせください。取りに伺います」

「またここに来たいから、知らせないわよ。この場所は静かだから好きなの」

「そうですか。ではお待ちしています」

司書は丁寧な礼をした。

先ほどの礼もそうだったが、この男は見た目のわりにきれいな礼をする。

アデリアはそれがとても気になった。でも壁際で控えていた侍女が絵物語を受け取りに進み出たので、それ以上こだわるのをやめて自室に戻ることにした。


部屋で読んだ『白百合に誓う愛』という絵物語は、初めて読むように新鮮だった。昔のアデリアは、本当に興味がなかったのだろう。

あらすじは、部分的には記憶と合っていた。

一度しか会ったことのない婚約者の死と、それによって始まる深い悲しみ。ここまでは記憶の通りだ。でも書物室で知ったように、二人は一目惚れ同士だった。だから婚約者の死を知ると嘆き悲しみ、部屋にこもって泣き暮らす。

でもその後の展開は、笑ってしまうほど記憶になかった。もしかしたら、前半だけで飽きていたのかもしれない。きっとそうだったのだろう。

全く未知の展開に、アデリアはいつしか夢中になって読み耽《ふけ》っていた。

「……あの、お嬢様」

一度読み終えて、もう一度読み返していたアデリアが顔を上げると、侍女が困った顔をしていた。

「そろそろお休みになるお時間です」

部屋を見回すと、いつの間にか暗くなっている。その中で、アデリアの周囲だけ蠟燭《ろうそく》の炎が明るく照らしていた。

高価な蠟燭を贅沢に浪費しても、両親はなんとも思わないだろう。婚約者を失った今なら、昼間のような明るさにしても、それで心が癒えるのならと笑って許してくれるに違いない。

でも、少しも落ち込んでいないアデリアとしては、さすがに心苦しい。

慌てて絵物語を閉じて、立ち上がった。

「こんなに遅くなっていたのね。灯《あか》りは一つだけでいいわ。あとは消してちょうだい」

「かしこまりました」

侍女は、壁際に控えていたもう一人の侍女に合図をして、手早く部屋を暗くしていく。

それが終わると、アデリアの就寝の準備を始めた。

「ねえ、オリガはあの絵物語を読んだことはある？」

癖のある黒髪に丁寧に櫛を入れている侍女に尋ねると、アデリアと年齢の近い若い侍女は、ちらりとテーブルの上にある絵物語を見て、にっこりと笑った。

「『白百合に誓う愛』ですか？　もちろん読んでおります。素敵なお話ですよね」

「……昔読んだはずだったのに、私は全然覚えていなかったわ」

「まあ、そうなのですか？　私は最初の別れのところで、目が腫れるまで泣きましたよ。素敵な貴族様に嫁いでいくところまで読み終えた後は、しばらく幸せいっぱいでした」

「そうなの？　ネリアはどうだった？」

「私もあのお話はとても好きです！　特に、二度目の恋の出会いの場面は覚えてしまうほど読みました。白百合を見て泣いていたご令嬢に、ハンカチを差し出しながら見惚《みと》れてしまうあの場面！　本当に素敵でした！」

「あら、私もそこは好きよ！　もう一度会いたくて、雨が降ってもやってくるのよね！」

「一途でいいわよね！　風邪をひいて熱を出しても会いに来て。熱に気付いたご令嬢様が解熱の薬を渡した時に手が触れて、その熱さに戸惑っている間に急に手を握られて動揺するのよね！」

若い侍女たちは頰を染め、目を輝かせて語り合う。仕事のことを一時的に忘れて笑い合う姿はとても楽しそうだ。

でもアデリアは首を傾げた。

「ねえ、ネリア。オリガ。恋ってそんなに簡単にできるものなの？　最初は一目惚れの人だったのに、次は全く違うタイプの人と恋をしているわよ？」

「それぞれ素敵な方だから、それでいいんです」

「一度しか会っていないなんて、どんな人か全くわからないでしょう？」

「物語だからいいんです！」

「名前も知らない人が毎日近くをウロウロしているのよ。危険だと思わないの？」

「見るからに高貴なお方だから、気にしなくていいんです。物語ですし！」

「……物語ならいいの？　そういうものかしら？」

「はい、そういうものです。現実にはあんな素敵な殿方はいませんから！」

「戦場でも婚約者を想《おも》う凜々しい騎士様に、傷心の女性を優しく見守りながら一途に愛してくれる麗しい貴族様。あんなに素敵な二人の殿方に愛されるなんて、考えただけでときめいてしまいます！」

侍女たちの目や口調は、とても熱い。

アデリアはまだ納得できなかったけれど、彼女たちの熱意に押されて口を挟めない。

こっそりとため息をつき、アデリアはおとなしく寝台に入ることにした。

◇

数日後、アデリアは朝から書物室を訪れていた。

借りていた絵物語を返すためだ。

しかしアデリアは、テーブルに置いた絵物語を見ながら、眉をひそめてずっと黙っている。やがて、ふうっとため息をついた。

「……やっぱり納得できないわ」

「完全なハッピーエンドだったと思いますが」

今日もぼさぼさの髪の司書は、少し離れたところに立っていた。

書物室に来たアデリアが真剣な顔で黙り込んでいるから、何か用があるかもしれないと控えていたらしい。アデリアはそのことに気付いて、彼も座るように合図した。

体に合っていない制服を着た司書は、ゆっくりと椅子に腰掛ける。それを見届けてから、アデリアはまたため息をついた。

「お話としてはとても面白かったと思うのよ。でも、目と目が合っただけで恋は生まれるの？」

「そういう人もいるのでしょう」

「私にはわからない感覚ね。……でも、わからないということは、私とフェリック様は運命の相手ではなかったのかしら。私も恋というものをしてみたいのに、残念ね」

アデリアは冗談のように言って、軽く笑う。

しかしすぐに笑みを消し、絵物語に目を落としてぱらりと開いた。

「あなたも知っているかもしれないけれど、私はこれまでに四度の婚約をしているわ。最初の婚約は生まれて間もない頃に。二度目は六歳、三度目は十三歳、そして四度目は昨年だから十六歳の時。相手に死なれてしまったのは初めてだけれど、いろいろあって結婚まで至らなかったのよね。……こうして並べてみると、私はやっぱり婚約とか結婚に縁がないわね」

アデリアはページをめくる手を止め、見つめ合いながら手を取り合う男女の挿絵を眺めた。

最初の婚約者とは、最後まで直接顔を合わせたことがない。絵姿の交換だけだった。

二人目の婚約者とは、三度ほど顔を合わせた。まだ子供だったからそれができたのだろう。短い時間ながら、一緒に遊んだ記憶もある。でもお互いの性格を把握するまではいかなかった。

三人目の婚約者は八歳年上で、ずいぶん大人だなとか、顔はいいけれど女性にだらしないなとか、そう思う程度には頻繁に顔を合わせたし、噂もたっぷりと聞いた。

四人目の婚約者フェリックとは、心構えもなく一回顔を合わせただけ。絵姿の類も手元にはなく、王国軍の騎士だったという認識しかない。

彼らとの間に絵物語のような恋は生まれなかったけれど、必ず結婚する相手だと思っていた。そういう覚悟はあったし、婚礼の支度も進んでいた。

そう言えば、婚礼用の豪華なドレスはどうなるのだろう。まだ縫い進めるまでいっていないものの、全体に施す刺繍《ししゅう》はかなり出来上がっていた。小領地の屋敷に持ち込む調度類などもほとんど揃《そろ》っている。

次の時に使えるとして、果たして「次」というのはあるのだろうか。四度も婚約をしてしまっては、五度目など望めないのではないか。

そんな不吉な想像をしてしまって、アデリアはうんざりとため息をついた。

わずかに椅子が軋む音がした。

その音で、この場にいるのが自分だけではないことを思い出した。でも顔を上げる気分になれなくて、目だけを動かす。視線の先にあった足は、姿勢を正すように動いていた。

気を取り直して少しだけ目を上に向けると、たっぷりと布が余る制服を無理やりに締めている箇素なベルトが見えた。兄たちが愛用するベルトに似ている気がして、アデリアは頑丈そうなバックルをなんとなく見てしまった。

「……婚約だけの時でよかった、とも考えられますよ」

「え？」

予想外の言葉に、アデリアは驚いて顔を上げる。

ぼさぼさの髪の下で、司書は真面目な顔をしているようだった。

「同盟破棄も、女性絡みの醜聞も、貴族の結婚では珍しいことではありません。婚約者殿の戦死も、騎士である限りいつ起こってもおかしくはなかった。……結婚後に、そういう不幸に遭う危機から逃れられた。幸いだった、とお考えになるべきでしょう」

どうやら、領主館の使用人たちはアデリアの婚約歴について詳しいらしい。

同盟破棄が原因の婚約解消は一人目と二人目。これは仕方がない。

女性絡みの醜聞は三人目。この時は両家の間でかなり揉《も》めた。

しかもこの時は、気が付くとなぜか兄たちが揉め事の中心にいて、長兄バラムの婚約まで立ち消えた。一時は関係領主たちとの関係が非常に緊迫した状況になったとも聞いた。

もともとの当事者であるアデリアは、婚約解消という事態には毎回困惑している。

でも三度目も含めて、心が傷付くことはなかった。

これが結婚した後だったら、政略結婚に対する冷めた心とは別にある、女としての誇りが傷付いたかもしれない。今のように、あの人は女癖が悪かったから、と笑うだけではすまなかった。もちろん経歴にも傷が残る。

そう考えると、司書が言うように、幸いだったと言えるのかもしれない。

アデリアは思わず小さく頷いた。

「……確かにそうね。婚約だけなら解消できるけれど、結婚してしまったらそう簡単には離婚できないし、再婚しようとしても初婚より条件が悪くなるわよね。お母様も、そうおっしゃってくれればいいのに」

アデリアは笑った。

でも、なんとなくわかっている。そんな慰めの言葉が思い浮かばないほど、両親は動揺したのだろう。そして……冷めていると思っていたけれど、そんな簡単なことに思い至らなかったアデリアも、やはり動揺していたのかもしれない。

「そういえばこの物語も、婚約者が戦死した後に新しい出会いがあったわね。ここまでできすぎた人なんて現実にはいないでしょうけれど、次はいい人とご縁があるかもしれないわね」

「その通りです。お嬢様はまだお若い。ご領主様の愛情を受けた末娘でもあられる。周辺との同盟関係も順調のようですから、政略の絡まない相手を選べるかもしれませんよ」

どこかで聞いたような慰めの言葉を、最も縁がないと思っていた相手から聞いてしまった。

これが母ポリアナだったら、うんざりと聞き流していただろう。でもこの司書が口にした途端に説得力を感じる。

それがなんとなく似合っていない気がして面白い。でもアデリアが表情に出したのは苦笑だった。

「政略が絡まない相手と言ってもね。それも問題だと思うのよ」

「どうしてですか？」

「私は政略結婚しか考えたことがないんだもの。急に政略は度外視すると言われても、絵物語のような恋愛はできる気がしないわね」

「……そうでしょうか？」

「私、たぶん恋愛には縁がないと思うわ。こういう絵物語だって興味がなかったくらいだもの。誰かに相手を選んでもらうほうが気が楽だと思っているし」

ふぅっとため息をついたアデリアは、本を閉じる。

それから、ふと思い出して首を傾げた。

「そういえば、お母様が『次は本職の騎士はやめる』とおっしゃっていたわ。でも騎士領主にはしたいから、親族が代理として戦場に出ることができるような人を探すんですって。難しい条件だと思わない？」

昨日の朝、騎士の兄弟がいる貴族の子息を探し始めたと宣言していたから、たぶん本気なのだろう。長兄バラムは呆《あき》れ顔でため息をついていた。

そんなことまで思い出して、アデリアはつい小さく笑った。

しかし司書は少し考え込んでから、ゆっくりと頷いた。

「そうですね。お嬢様のご身分なら、夫君に現役の騎士はおやめになったほうがいいでしょう。戦死までいかなくても、職務柄、怪我《けが》が絶えることはありません。騎士の妻たちは毎日夫の無事を祈り、あるいは夫の死による困窮を常に恐れると聞きます」

「そうなの？」

「まあ、騎士と言ってもそれぞれ状況が違いますから、全てがそうではないと思いますが」

窓の外に目を向けながら、淡々とそう語る。

とその時、司書が扉口に目を向けた。つられてアデリアもそちらを見ると、年若い少年が困った顔で立っていた。アデリアの視線に気付くと慌てて姿勢を正したけれど、すぐにまた困った顔でちらちらと二人を見ている。

アデリアには意味が全くわからない。でも司書には伝わったらしい。ゆっくりと立ち上がり、再びアデリアに向き直って頭《こうべ》を垂れた。

「どうやら、司書長から伝言が来ているようです。しばらく席を外します。その前に、何かお探しのものがあるならお手伝いしますが、どうしましょうか？」

「あら、あれはそういうことだったのね。私は大丈夫だから、もう行っていいわよ」

「では失礼します」

もう一度丁寧な礼をして、司書は背を向けた。

ぶかぶかの制服のせいでまだ若いのか、丸い背に相応しく年を取っているのかはわからない。

顔立ちがわからないくらい無秩序に伸びた髪型も、領主の館の、それも最も権威を象徴する書物室に控える人物としては不釣合いのような気がする。

身のこなしがなかなか洗練されているのに、もったいない。

そこまで考えて、アデリアはこの司書の名前を知らないことに気が付いた。

使用人の名前を全て覚える必要はないにしても、よく顔を合わせ、つまらない愚痴まで聞いてもらっているのに、名前を知らないなんて薄情ではないか。

アデリアは少し慌てて立ち上がった。

「司書殿！」

声をかけると、司書はすぐに足を止めて振り返った。

「何かありましたか。アデリアお嬢様」

「あの……私、あなたの名前を知らないみたいなの。教えてもらえるかしら」

散々言葉を交わしてきたのに、今さら名前を知らないというのは口にしにくい。つい目をそらしてしまう。

そんなアデリアを見て司書はしばらく黙っていたが、ぼさぼさの髪の下で小さく笑ったようだった。

「今まで通り、司書とお呼びください。お嬢様に名を覚えていただくなど恐れ多いことです」

「でも、それではなんだか落ち着かないわ」

「お気になさいませぬよう」

司書はそう言って、改めて丁寧な礼をした。

何度見ても、美しいお辞儀だ。

丸めた背中や大きすぎる制服が不釣合いでもったいない。もちろん、ぼさぼさの髪もあまり美しくない。いや、それを言うなら、中途半端に伸びたヒゲだって問題だ。

隣室へと向かう姿を見送ったアデリアは、ついため息をついた。


「アデリア。ここにいたのね」

柔らかな声がして、誰かが書物室に入ってきた。アデリアの母ポリアナだ。

長いドレスの裾を優雅にさばいて歩くポリアナは、いつ見ても若々しい。実年齢を正確に推測できる人はほとんどいないだろう。

それに、とても美しい。

この母親に似ていれば、もう少し美人に生まれただろうか。アデリアは何度となく繰り返していることを考える。

もちろん、父親であるバッシュは立派な領主だ。悪い顔立ちではないと思っているし、父親似の長兄バラムや末兄マイズは若い女性たちに人気がある。

でも、女性の顔に直すと美女とは言えないようだ。

アデリアも自分の顔は嫌いではない。ただ鏡を見るたびに、もう少し何とかならないのかと思ってしまう。

今日のポリアナは、その美しい顔を疲れたように曇らせていた。立ち上がって母を迎えたアデリアに座るように言うと、ふうっとため息をついて隣に座った。

「お部屋にいないから驚いたわ。本を読みに来ていたの？」

「今日は持ち出していた絵物語を返しに来ただけです」

「まあ、そうだったのね」

ポリアナは憂いのこもった目を絵物語に向けた。その途端、きれいな緑色の目が大きくなり、じわりと涙が浮かんだ。

「え？　お母様!?」

「かわいそうなアデリア！　あなたにも必ず、エディークのような素晴らしい殿方が現れますからね。いいえ、この母が必ず探し出してあげます！」

「……エディーク？」

母が突然出してきた名前に、アデリアは一瞬考え込んだ。

その背後で、侍女たちがこっそりと咳払《せきばら》いをする。

何事かと目を向けると、若い侍女たちはしきりに絵物語へと目配せをしている。アデリアもつられてそちらへ目を向けて、やっと思い当たった。

エディークというのは『白百合に誓う愛』に出てくる人物で、悲劇の令嬢を見守り続けた青年貴族の名前だ。

乙女たちの夢を形にしたような、どこまでも優しくて献身的な人物だった。

表紙を一瞥《いちべつ》しただけでその名前が簡単に出てくるなんて、どうやらポリアナもこの絵物語の愛読者らしい。ちなみに、戦死した騎士の名前はジャイズという。

ポリアナは、婚約者を失って悲しみに暮れる娘が、似た境遇の主人公イレーナに共感していると考えたのかもしれない。いや、絶対にそう誤解しているだろう。

そう気付いて、アデリアは少し慌てた。

ポリアナは優しい女性だ。しかし、少々思い込みが激しい。狩りを始めると熱中しすぎる三番目の兄マイズとそっくりだ。普段はおっとりと振る舞っているから実害はないけれど、今はアデリアの新たな結婚相手探しに夢中になっている。縁談となると領主夫人の得意分野。おかしな方向に暴走する前に、母の気持ちをそらさなければ。

アデリアは急いで違う話題を探そうとした。

書物室中に目を向けてみたけれど、こういう時に限って何も思いつかない。隣室への扉口にたどり着いて、ようやく話題を見つけた。

「あの！　お母様は、書物室にはよくいらっしゃるのですか？」

「今は滅多に来ないけれど、昔は絵物語を読みに来ていましたよ。こっそり貸し出してもらったりもしたわね」

「最近はいらっしゃっていないのなら、あの司書のことはご存じないでしょうか」

「司書？」

ポリアナは優しげに首を傾げた。

その表情を見る限り、縁談から興味をそらすことに成功したようだ。密《ひそ》かにほっとしつつ、アデリアはいかにも残念そうな顔をした。

「私、最近は書物室によく来ています。なのに、いつも顔を合わせている司書殿の名前を知らないままだったんです。それで今日、思い切って尋ねてみたのですが……」

「あら、もしかしてその人、あなたに問われたのに名乗らなかったの？」

「今まで通りに司書と呼んでいい、と言われてしまいました。でも、いろいろ話を聞いてもらっているのに名前を知らないままだなんて、なんだか落ち着かなくて」

「……まあ、そうなの？」

ポリアナは首を少し傾けたまま、じいっとアデリアを見つめた。娘の顔の中に何かを見つけたようだ。

それから、頰に手を当ててゆっくりと口を開いた。

「書物室の司書たちのことは、わたくしも一通りは把握していますよ。現役を退いた知識階級が多いから、それなりに年を重ねた人ばかりだったはず。と言っても、司書長ほどお年を召した人はいませんけれど。司書長は騎士出身で、今も頼もしいお姿をしているから若く見えるのよね。でもあなたが言う司書というのは、老人ではないのよね？」

「老人……」

そうつぶやいてから、改めて司書の姿を思い浮かべる。

年齢はわからないけれど、少なくとも司書長のような老人には見えなかった。

「司書長さんよりずっと若いはずです。明るい色合いのきれいな金髪をしていますから。でも、顔がよく見えないくらいにぼさぼさに伸ばしているんです。それに、体に全然合っていない大きい制服を着ていて……老人ではないけれど、やっぱりあまり若くはないのかしら。いつも背中を丸めていて、歩き方も足を引きずるような動きで……あ、でも、お辞儀をする姿はとてもきれいだわ」

半分独り言のように言葉を並べていたアデリアは、母親がいることを思い出して、慌てて小さく咳払いをした。

「つまり、その……いろいろ変わった人なので、なんだか気になっているんです」

娘の言葉を聞いたポリアナは、何やら考え込んだ。

しかし思考に沈むまではないようで、ちらりと娘を見やった。

「……司書という職にしては、そこまで年はとっていないようね。それで、アデリアはその人のことが気になっているのね？」

「ええ、そうですね。よく顔を合わせているから、お名前くらいは知りたいと思っています」

「そうですか。――わかりました。大丈夫よ、司書として雇っている人なら身元はしっかりしているはずです。だからわたくしに任せてちょうだい！」

ポリアナは普段はおっとりした奥方だ。

しかし今日のポリアナは違った。唐突に立ち上がると、目を丸くしている娘の手を両手で握った。

「その人のことは、すぐに探り出してあげますからね。あなたはいつも通りにその人とお話をしていなさいね。でもそうね、これはわたくしの想像なのだけれど……その人とは、お話が合うのではないかしら？」

「え？　話が合うというか、私が一方的に愚痴をこぼしているというか……」

「あら、愚痴を黙って聞いてくれる人はとても貴重よ？」

ポリアナはますます笑顔を深くして、娘の手を振り回すほどの勢いで握る。その勢いにアデリアは驚いて、とりあえず頷いた。

すると、ポリアナはさらに嬉しそうに笑い、娘の手をもう一度握りしめた。

「お、お母様？」

「かわいいアデリア。その人と一緒にいて、息が詰まることはある？」

「えっと、それは……司書というお仕事柄のせいか、押し付けがましいところはありませんね。だから息苦しい感じはない……と思います」

「そうなの、そうなのね。それはそれは、まあまあ！」

上機嫌の奥方は末娘の体に腕を回して、ぎゅっと抱きしめた。

母の予想外の行動に、アデリアは驚いて言葉が出てこない。そんな末娘をもう一度抱きしめると、ぱっと離して軽やかに扉口へと向かう。

扉の前で振り返り、ポリアナは少女のように明るく笑った。

「アデリア。お母様はあなたの味方ですからね。年は近いほうがいいと思っていたけれど、そうね、アデリアには少し落ち着いた人もいいかもしれませんね。うっかりしていたわ！」

「あの、いったい何のお話でしょうか？」

「うふふ。気にしないで。ではまた、後ほどゆっくりお話をしましょうね！」

ひらひらと手を振ったポリアナは、来た時と別人のような軽やかな足取りで書物室を出て行く。控えていた奥方付きの侍女たちも、アデリアに一礼をして静かに後に従って行った。

「……お母様ったら、いったいどうしたのかしら」

呆然《ぼうぜん》と見送りながら、アデリアは思わずつぶやいていた。

振り返って自分の侍女たちを見たけれど、彼女たちも唐突な奥方の行動について行けていないらしい。ぽかんとした顔で、ポリアナが去った扉口を見ていた。

もっと恋物語に詳しければ、ポリアナが何を思いついたのかに気付いたかもしれない。しかしアデリアは、一度読んだ絵物語の内容を忘れる程度の興味しか持っていなかった。

もしこの時に気が付いてポリアナの後を追っていれば、あるいは違う未来があったかもしれない。

◇

婚約者だったフェリック・パドーンの訃報を聞いて、一ヶ月が過ぎた。

結婚の支度をする必要がなくなったので、アデリアは特にやることがなくなってしまった。仕方がないから、毎日書物室に通っている。

本来の興味のままに旅行記や風土記も読んでいるけれど、侍女たちが熱心に勧めてくるので、半ば押し切られるように絵物語も読んでいた。

領主館の書物室の充実ぶりは知っているつもりだった。

よくもこれほどの絵物語が揃っていたものだと、毎日感心している。おかげでアデリアはすっかり恋物語に詳しくなってしまった。

それなのに、まだ侍女たちのおすすめがあるらしい。

特に今日は侍女たちが張り切っていて、アデリアが座ったテーブルには何冊も積み上げられている。

こんなに、いつ読めばいいのだろう。

半ば呆然と見ていると、奥の司書室から誰かが出てきた。アデリアがちらりと目をやると、ぶかぶかの制服と金髪が見えた。いつもの司書のようだ。テーブルが見える位置まで歩いてきたところで、驚いたように足を止めてしまう。

でもすぐに我に返ったようだ。アデリアに対して丁寧な礼をした。

「お嬢様、ようこそおいでくださいました。……失礼ながら、今日はまたいちだんと多いですね。全て絵物語なのですか？」

「そうなのよ。親類の屋敷から取り寄せたものが昨日届いたのでしょう？　それでオリガが張り切って、こんなにたくさんおすすめを選んでくれて……」

驚きを隠せない言葉に、アデリアは苦笑しながら改めて顔を向けて……そこで言葉を失った。

見慣れない男がいる。

しばらく悩んで、いつもの司書だと気が付いた。

ぼさぼさの金髪のために、顔立ちや表情がよくわからないのはいつも通りだ。でも、顔色はもちろん輪郭さえ不明にしていたヒゲが、きれいさっぱりとなくなっている。昨日も一昨日《おととい》も会っているはずなのに、以前の姿が全く思い出せない。

無秩序に伸びていたヒゲがなくなると、印象が全く違う。

落ち着いた話し方をするから、父親や家令くらいの年齢とか、あるいはもう少し上の年齢だろうと思い込んでいた。

でも、そんなに年を取ってはいないようだ。

長兄バラムよりは上だとしても、アデリアが思っていたより若く見える。

アデリアは動揺を抑えようと、いったん司書から目をそらした。司書が来たと知って壁際へ移動した侍女たちも驚いているようだ。さらに視線を動かすと整然とした書棚が見えて、やっと少し落ち着いてきた。

どんな時も領主の娘らしく。

いつも母に言われている言葉を心の中でつぶやいて、こっそりと深呼吸をした。

「えっと、司書殿は、その……おヒゲを剃《そ》ったのね」

まだ動揺が残る中、ちらちらと目を向けながらそう言ってみた。

口にしてから、もっと気の利いた言葉はなかったのかと後悔したけれど、司書のほうも、どうやら落ち着かないらしい。いつものように、アデリアの反応を平然と微笑んで流す余裕はない。

視線をさまよわせながら何度も咳払いをしていたが、やがて諦めたようにため息をついた。

「……奥方様から、ヒゲを剃るように言われまして。剃刀《かみそり》を使うのは久しぶりだったので手間取りました」

「まあ、お母様が？　いったい何を思いついたのかしら」

思わず、率直に言ってしまった。

司書にすれば、アデリアの母は領主の奥方。そんなことを言われても反応に困るだろう。

慌てて言葉を足そうとして、司書が心許《こころもと》なさそうにヒゲのない頬を触っていることに気が付いた。

アデリアが司書の年齢を高く予想していたのは、いつも物静かで落ち着いているからだ。なのに、今日の司書はとても戸惑っているように見える。

なんだか面白い。

アデリアは思わず微笑んだ。気持ちも落ち着いてきたから、咳払いをして立ち上がった。

「お母様が急に変なことを言い出したようで、ごめんなさいね。でもすっきりしていて、そのお顔のほうがお似合いだと思うわよ。それに……」

司書の前へと回り込んで言葉を続けようとして、顔を強張らせて口を閉じてしまった。

正面から見た司書の顔には、傷痕があった。

よく見ると一つだけではない。幾つかある中で、最初に目についた右頬の痕はかなり深い傷だったようだ。ぼさぼさの髪でわかりにくいけれど、肌が不自然に引きつれている。裂傷の痕は前髪で隠れた目元へと伸びていた。

「あの、もしかして……」

アデリアはどこまで聞いていいものかと迷い、口ごもる。

ぼさぼさ髪の司書は、アデリアの視線と表情で何を言おうとしたのかを察したようだ。ヒゲがなくなった口元に、苦笑らしきものが浮かび、落ち着かない様子で頬や顎に触れていた手を、ゆっく

りと下ろした。

それから、さりげなく立ち位置を少し変える。顔の右側の傷痕が見えにくいようにしたのだと、アデリアは後で気が付いた。

「失礼しました。見苦しいものが目立ってしまいましたか」

「……お母様ったら、きっと何も考えていらっしゃらないわ。傷痕を隠すためのヒゲだったのなら、また伸ばしていいわよ。お母様には私から言っておきますから」

「ああ、いいえ、私は目立っても構わないのですよ」

司書はわずかに笑った。

いつもの落ち着きが戻っている。動揺していた姿は珍しくて面白く思ったけれど、司書のこの穏やかな話し方はやはり心地好い。ヒゲはなくなっても、やはりいつも通りの司書だ。

少しだけ肩の力が抜ける。

司書はまた右の頬を触ったが、今度は傷痕を軽く撫でただけだった。

「ただ、この傷痕は、女性にお見せするには見苦しすぎると思いまして。恐ろしい顔を晒《さら》すより、むさくるしいほうがましだろうと言われたこともあり、伸ばしていただけです」

「……そうね、人によっては怖がってしまうのかもしれないわね。その、とても深い傷だったの？」

司書の顔色を伺いながら問いかける。

アデリアの言葉を聞き、司書は指先で頬の傷痕に触れた。

「まあ、それなりには。奥方様には髪も切れと言われてしまいましたが、この領主館は女性も多い。

男が見てもいい気分にはならないものですから、やはり隠すべきではないかと迷っています」

「そういう事情があるのに、髪まで切れと言ったの？　本当にお母様ったら！　でも、私もあなたの髪は気になっていたのよね。書物室にいる人にしては……その、少しどうかと思うの」

「お嬢様もそうおっしゃるのなら、もっと早く何とかすべきでしたか」

苦笑したまま、司書はぼさぼさの髪を指先でつまむ。その姿を見ていたアデリアは、そっと身を乗り出した。

「あのね、髪を結ぶとか切るとかしても、傷痕を隠す手段はあると思うのよ。同じような傷のある人はどうしているかとか、他の領主館ではどうしているかとか、お兄様方や領軍の騎士たちに聞いてみてもいいかしら？」

アデリアはそう言って返事を待った。司書はヒゲのなくなった頬を触れながら黙っている。

これは余計なお節介だったようだ。

アデリアは慌ててしまい、やや早口で言葉を続けた。

「や、やっぱり気が乗らないわよね。ヒゲがなくなっただけでもすっきりしているから、私はそのままでもいいと思うわ。前のお顔も見慣れていたし、司書長さんも認めていたのでしょう？　今の姿なら、お母様もきっと納得してくれると思うわよ！」

「……いえ、私は髪を切っても構わないのですよ。ただ、さすがにこの傷は……お嬢様の目に触れることがあっていいものかと……」

「構いません。アデリアに見せてあげなさい」

突然、別の声が割り込んできた。

アデリアは驚いて扉を振り返る。ゆったりと書物室に入ってきたのは、母ポリアナだった。美しい母親は、領主の奥方らしい威厳のある顔のまま司書の前に立ち、ヒゲのなくなった顔を見上げてにっこりと笑った。

「少しすっきりしたわね。でもお顔のヒゲだけでなく、髪も何とかするように言ったはずですよ」

「陛下よりこの姿を推奨されておりますので、どうかご容赦を」

「あら、いくら国王陛下のご意志が絡んでいても、今は当家の家臣なのでしょう？　デラウェスにも傷痍《しょうい》軍人はいます。アデリアは領主の娘。現実を知っておく必要があるでしょう。だから、一度見せてあげなさい」

「え？　私？　現実を見よというのはその通りと思いますが、本人が望まないのなら、無理強いする必要はないと思います！」

アデリアは、やや慌てて母と司書の間に割って入って強引な母をたしなめようとする。一方で、頭の中で別のことが気になった。

司書は今、国王から推奨されたと言った。

貴族領主とはいえ、デラウェス家は中位程度。王宮では特別高い地位ではない。そんな田舎貴族の書物室に勤める男が、国王とどんな接点があるのだろう。

予想もしなかったことに、アデリアは戸惑うばかりだ。

もっと戸惑っているであろう司書は、しかし領主の奥方の命令には逆らえないようだ。押し殺しためた息をつく。

やがてアデリアに向き直ると、姿勢を正した。

「お嬢様。この傷のある右側の目は見えません。医師に回復は不可能だと言われています。そのくらいの傷だということをご覚悟ください。傷はここから……額まで続いています」

大きな頬の傷痕を指差し、そのまま指を額のあたりまで動かす。

アデリアは緊張した顔で頷いた。それを見届けてから、司書は顔を隠している金髪を両手でかきあげた。

髪に隠れていた頬の傷が露《あら》わになった。

傷痕は目元に近付くにつれて大きくなり、目を貫くように延びて、額でようやく消えた。目は両側とも開いているが、右目は虚《うつ》ろになっている。おそらく刀傷だろう。左側のこめかみにも傷痕があった。

これほどの傷を負ったのなら、頭部だけのはずがない。司書はいつも白い布製の手袋をつけている。もしかしたらその手袋も、貴重な書物を扱うためだけではないのかもしれない。

領主の館で平和に過ごしているアデリアには、とても恐ろしい傷痕だった。背後でも、壁際に控えていた侍女たちが息を呑んだ気配がある。

一瞬息を止めてしまったアデリアは、でもすぐに、ふうっと息を吐いて目を伏せた。

「……思ったよりひどいし、見るのはとても怖いと思います。それは否定しません」

呼吸は落ち着いているけれど、心臓はまだ大きく動いていて、手もかすかに震えている。声も震えてしまった。

アデリアは震える手をもう一方の手でぎゅっとつかみ、言葉を続けた。

「でも私、ひどい痕が残るほどの怪我を負う人がいることを忘れていたわ。……フェリック様が亡くなったばかりなのに」

婚約者の死と、その原因を忘れていた薄情な自分への嫌悪にかられ、アデリアは深い息をついた。

少しの間、唇を噛《か》み締めていたが、やがてまっすぐに司書を見上げた。

さすがに怯《ひる》んでしまうから、恐ろしい傷痕からは目をそらして、できるだけ傷のない左側の顔を見る。

そこで初めて、司書の目が驚くほど濃い青色であることに気付いた。

高い位置から見下ろしてくるせいか、目付きもかなり鋭く見える。髪で隠れていた耳には、貴族階級出身者がつける紋章入りの金の飾りがあった。

刀傷を持つ貴族出身者となると、前職は簡単に推測できる。もう一度深呼吸をして、アデリアは用心深く口を開いた。

「……あなたは騎士だったのね？」

「はい」

「体格がいいように見えたけれど、そうだったのね。でもそんな傷を負うということは、フェリック様のように前線に出ていた騎士だったのかしら？」

「一年ほど前まで、王国軍所属の上級騎士として東の国境にいました」

「東の国境？　フェリック様は南の国境だったわね。どちらでも大きな戦闘が何度もあったと聞いているわ。その傷のために騎士をやめたの？」

「その通りです」

静かに頷いた司書は、髪から手を離した。途端に、再びぼさぼさの髪が顔を隠していく。

傷が露わだった時の威圧感が消え、穏やかな司書の姿に戻った。

アデリアは、いつも通りの司書をしげしげと見上げた。髪が顔を隠しただけなのに、今のこの姿では、騎士だった頃を想像するのは不思議なほど難しい。

思わず小さくうなっていると、ポリアナがにこやかに口を開いた。

「彼ね、頭部以外にも負傷していて、肩と足の傷も重かったそうよ。それで、怪我の療養を兼ねて当家に来ていたの。バッシュが何も教えてくれないから、わたくしも知らなかったわ」

「お父様は、お母様にも言っていなかったのですか？」

「ええ、そうなのよ。何日もかけて問い詰めて、やっと白状したわ。王都に赴いていた時に国王陛下に受け入れを頼まれた、とね」

「まあ」

アデリアはそうつぶやいたけれど、自分でも何に対して「まあ」と言ったのかわからなくなった。

全身に重傷を負ったという戦場に怯《おび》えたのか。

領主館の中のことなら何でも知っていそうな母が、この司書の事情を知らなかったことに驚いたのか。

父が全てを承知して隠していたことを不満に思ったのかもしれないし、国王陛下のお声掛かりということに驚いたのかもしれない。父が母には秘密にしていた理由も想像してしまった。

たぶん、その全部だ。

アデリアはまだ配慮の足りない子供のままで、母ポリアナは時々とても騒々しくなるから、父バッシュは黙っていたに違いない。

それにもう一つ。何も気付けなかった自分に呆れていた。

いつものゆっくりとした歩き方や背中を丸めた姿勢は、怪我のせいだったのだ。そうわかると、いろいろなことが納得できる。

そういえば、顔見知りになったばかりの頃は、本を持ち上げる時になんだか大きな動きをしていた記憶がある。おかしな癖だと思っていたら、いつの間にかそんな動きは見なくなった。だからすっかり忘れていた。

あの動きも、手に負った傷のせいだったのかもしれない。

でも、まだ気になることがある。アデリアは首を傾げて聞いてみた。

「体に合っていない大きすぎる制服は？　それにも意味があるの？」

「これは……こちらに来た頃は、筋肉が急激に落ちたせいでひどく痩せておりまして。不自然すぎて目立つかもしれないと、司書長に勧められました。今はそれなりに戻っていますが、司書にしては体が大きすぎると言われていますので続けています」

「そうね。実戦に出ていた騎士なら、体が大きすぎても若いお嬢さんや子供には怖く見えるでしょうね」

奥方ポリアナは柔らかく微笑む。

確かにそうかもしれない。司書の長身と肩幅を見ながらアデリアは密かに納得した。

ポリアナはアデリアに笑顔を向けた。

「さあ、これで謎は解けたでしょう？　あとは二人でゆっくりお話をするのですよ。あなたもいいですね、エディーク」

「……エディーク？」

アデリアはまた首を傾げた。どこかで聞いた名前だ。

その時、テーブルの上にある絵物語が目に入ってきて、あれのことかと思い当たる。

騎士だった婚約者に死なれた令嬢が、のちに百合の花畑で出会った貴族と結婚した恋物語――『白百合に誓う愛』だ。一途な貴族の名前がエディークだった。

でも、そのエディークが、何の関係があるのだろう。

困惑しながら侍女たちに目をやると、アデリアの若い侍女たちは目を輝かせて司書を見ていた。つられて司書を見上げると、彼は困ったように天井を見ている。

首を傾げながらもう一度侍女たちを見て、アデリアはやっと気が付いた。

「お母様。もしかして司書殿の名前がエディークなのですか？」

「ええ、そうなのよ！　とても運命的でしょう？」

ポリアナは楽しそうに目を輝かせている。

司書は——エディークは重苦しく首を振った。

「……奥方様。エディークという名前は、貴族の中ではありふれたものです」

「そうかもしれないけれど、アデリアのそばにいるなんて、絶対に運命だと思うわよ！」

ポリアナはきっぱりと言い放ち、コロコロと笑う。

そして来た時と同様に、あっという間に書物室を出て行ってしまった。

ポリアナを見送ったアデリアは、母の言葉の意味がわからずに首を傾げた。

「ねえ、オリガ。お母様は何をおっしゃっていたのかしら？」

アデリアは侍女を振り返る。

声をかけられた若い侍女は困惑したようだ。すぐには返答できず、もう一人の侍女ネリアに助けを求めるように目を動かす。でもネリアもどうすればいいか困っていて、二人は情けない顔で顔を見合わせただけだった。

「あの……本当におわかりにならないのですか？」

「わからないわ。運命って何のことなの？」

アデリアはどこまでも真剣だ。

困り切った侍女たちは、司書へと視線を向ける。司書はまだポリアナが去った扉口を見たまま呆然としていた。

しかし、すぐに侍女たちの視線に気付いたようだ。アデリアに向き直って姿勢を正したが、困惑は隠せずにいた。

「あの、エディーク……いえ、司書殿」

「……構いません。エディークとお呼びください」

「では、エディーク。お母様がまたあなたに迷惑をかけようとしているのはわかるけれど、いったいどういうつもりだと思う？　あなたは、お母様から何か言われているの？」

「それは……」

エディークは一瞬口ごもった。

それから、軽く首を振り、近くにあった椅子を引き寄せた。

「失礼ながら、長く立っているのはまだ不自由があります。見苦しい姿を見せてしまう前に、座ることをお許しいただきたい」

「どうぞ。気が付かなくてごめんなさい」

アデリアは気が利かない自分を恥じ入りながら頷き、自分も再び椅子に座る。

ゆっくりとした動きで椅子に身を預けたエディークは、ふうっと大きく息を吐いた。

そのため息で我に返ったように、二人の若い侍女たちはそそくさと壁際へと移動する。ぎりぎり会話が聞こえない距離を作ったようだ。

それを見送った司書は、またため息をつき、布製の手袋をはめた手で乱暴に髪をかき乱した。

「先ほどの話ですが。奥方様は、私に……あなたのエディークになれとおっしゃっているのです」

「よくわからないわ。あなたの名前は、もともとエディークなのでしょう？」

「そうではなく、絵物語のエディークということです」

「絵物語というと、婚約者と死別した、あの話のエディーク？」

「そうです」

「……つまり……？」

「つまり……あなたと結婚しろ、ということです」

アデリアは黙り込んだ。

テーブルの上に何冊も積み上がっている絵物語を見つめ、元騎士だという司書を見る。それから、母ポリアナが次の婚約者に必須だと言っていた条件は何だったかと、しばらく真剣に考えた。

「……あなたは貴族出身で、三男か四男なの？」

「北部の貴族領主カルバン家の三男です」

「あなたは、もう戦場には出ない？」

「以前より動けるようになりましたが、体はこの状態です。私が戦場に出るなど、その地の存続が危うくなった時くらいでしょう」

「それから……騎士になっている弟君とか、あなたが声をかけたら駆けつけるような騎士の仲間がいらっしゃったりする？」

「弟三人が騎士です。私は長く王国軍に所属していましたから、領地を持たない騎士も友人に多いですね」

驚くほどポリアナが望んでいた条件を満たしていた。

もしかしたら、長期の滞在を許可した父バッシュにもそういう目的があったのだろうか、と一瞬考えてしまう。でも元婚約者のフェリックが戦死したと伝わったのは一ヶ月前。それだけはあり得ない。

心の中で父に謝り、アデリアはぼさぼさ髪の司書を見つめながら少し首を傾げた。

思っていたより、ずっと若いらしいことはわかった。

では、いったい何歳なのだろう。どう若く見積もっても、アデリアに比べるとかなり年上のはずだ。

「その……あなたはいったい何歳なの？」

「三十一歳です」

「うん、そのくらいよね。とすると、私より十四歳も上なのね」

控えめに言っても、十分すぎるほど大人の年齢だ。若くして親になった人なら、アデリアとあまり年の変わらない子供がいてもおかしくない。

八歳上の長兄バラムよりさらに六歳も年が上なのだから、アデリアにとっては若いと思う年代ではない。

もちろん、そのくらいの年齢差も珍しくないのが貴族の結婚ではあるけれど。

アデリアは頭を軽く傾げたまま、ちらりと目を向けた。

「政略結婚なら、十四歳差くらい別に珍しくはないと思うわ。でも……もしかして、あなたは資産家なの？」

「多少は功を立てていますし、陛下のお許しを得て王国軍を退役しましたので、それなりに恩賞はります。しかし当然ですが、貴族の資産に比べればたいしたことはありません。弟を紹介しろと命じられるのならわかりますが、私のような男を婿にしようという奥方様のお考えは……失礼ながら理解しがたい」

「安心して。私にもお母様のお考えはよく理解できないから。あ、でも、あなたが嫌いというわけではないわよ！」

アデリアは誤解を招かないように慌てて言い足した。でもエディークは全く気にしていないようだ。

それはそうだろう。

アデリアは貴族領主の娘だ。

しかし、特別な美人というほどでもない。取り柄と言えるのは若さだけだ。持参金はあるし、婿になれば騎士領主の地位も期待できるとはいえ、かつて国境地帯と接していたぐらいだから、その小領地はまだ未開地も多い。

前線で功を上げてきた騎士で、国王が療養先を決めるほど目をかけられているのなら、怪我の後遺症が和らいでくれればもっと有力な貴族から声がかかるはずだ。

そういう繋《つな》がりは何にも勝る強みになるはずだ。

でも、だからこそ、このままポリアナが引き下がるとは思えない。

長々とため息をついたアデリアは、お互いに損にならない道はないかとしばらく考え込んだ。

「……司書殿。あなたはお母様の言葉を拒絶できる？」

「奥方様だけなら、何とか。しかしご領主様にも命じられれば、それを完全に拒否することはできません」

「そうよね。でも、このままでは私はもちろん、あなたも逃げ道がなくなるわ」

アデリアは書物室の中をぐるりと見回した。

座っている絵物語のある一画ではなく、もっと実用的な書物が並ぶ棚を眺め、それからエディークに目を戻した。

「エディーク。表向きだけでいいから、私との婚約に前向きになってくれないかしら？」

「お嬢様、さすがにそれは……」

「もちろん、表向きだけよ。本当に結婚しろとは言わないわ。ただね、お母様のあの様子では、あなたを簡単には諦めないでしょうし、お父様まで説得してしまうかもしれないわ。田舎の小領主の地位と妻を押し付けられても困るでしょう？」

エディーク・カルバンという人物のことは、アデリアはよくわからない。

話を聞いてわかったのは、もともとの生まれは高く、退役してもなお国王から信頼されているらしいこと。上級騎士だったと言っていたから、その恩賞は欲に走らずにすむくらいの資産だろう。

わかったことは、たったこれだけだ。

でも書物室のぼさぼさ髪の司書としての人物なら、人柄はよく知っている。間違いなく信頼できる人だ。味方になってくれれば、誰よりも心強い。

母ポリアナを相手にしなければいけないのだ。逃げ道のない状況に追い込まれるより、彼の協力を得ながらおとなしく囲いの中に入るふりをして、静かに逃げ出す機会を待つほうが賢明だろう。

改めて姿勢を正したアデリアは、身を乗り出して言葉を続けた。

「お互いの平和のために、お母様に対する盾になってくれないかしら？」

「恐れながら、婚約の先には結婚がありますよ」

「大丈夫よ。私の結婚運のなさは並大抵ではないから。でも一応、結婚までの時間稼ぎができる口実は欲しいわよね。例えば……あなたの怪我がもっと癒えてから結婚したい、とかはどうかしら？」

アデリアは言葉を切って、頭の中で自分の考えをもう一度まとめてみた。

しばらくは従順なふりをする。その間も逃げ道は確保。相手が痺《しび》れを切らすまで時間を稼いで、堂々と正面から退却する。歴史書にも似たようなことが書いてあったはずだ。

だから、あと少しだけ時間を作るための風除《よ》けが欲しい。

「あのお母様のことだから、待つ時間が長くなれば、そのうち別の相手を探し始めると思うのよ。こちらから縁談を拒めばあなたの汚点にはならないから、もっと条件のいい別の方とも結婚できると思うわ」

「……しかし、お嬢様はもう十七歳ではありませんか？　一般的にはまだお若いとはいえ、貴族の中では十分な年齢と見なされます。そして私も、次の夏を越えれば三十二歳になります。残念ながら、結婚の先送りは難しいのではないでしょうか」

静かに聞いていたエディークは、少し考えてから首を振った。

その表情は不機嫌そうにはなっていない。伸びた髪のせいで顔は見えないけれど、雰囲気は穏やかなままだ。

アデリアはそのことにほっとした。ついでに勢い付いて、思い切って質問をしてみた。

「エディークは馬に乗ることはできる?」

「現状では乗れません」

「それなら、馬に乗れるようになるまで結婚には踏み込めない、という口実はどうかしら。この辺りでは、花嫁は花婿と一緒に馬に乗って新居に行く慣習があるのよ。お母様はもちろん、お父様も納得すると思うわ」

「なるほど。確かにしばらく、あるいは永遠に結婚できませんね」

「あの、ごめんなさい。こういうのは失礼よね。どちらにしろ、エディークには迷惑をかけてしまうとは思うの。でもあなたがいてくれたら、私は縁談に悩まされないわ。そういう雰囲気を匂わせていれば、エディークもお母様に追い立てられないと思うから……どうかしら?」

頭の中で考えながら話していた時の早口を改め、アデリアは恐る恐る問いかけた。

母が迷惑をかけただけでもとんでもないのに、元騎士の誇りを傷つける提案だったかもしれない。今さらながら気になった。

でもぼさぼさ髪の司書エディークは、押し殺した笑い声を上げた。

「若いご令嬢に、このような求愛を頂いたのは初めてです。どうしても逃れられなくなったら、その口実を使わせていただきましょう」

一通り笑ったエディークは、左側の前髪をかきあげた。

普段は髪に隠れてよくわからない顔立ちが、はっきりと見えた。傷痕は痛々しくて恐ろしいのに、彼の笑顔は思っていたより優しい。

目尻が少し垂れているから、柔らかな印象があるのかもしれない。

反射的に笑みを返しながらそんなことを考え、アデリアは立ち上がってエディークの前へ行く。

慌てて立ち上がったエディークに、手をまっすぐに差し出した。淑女の手の出し方ではなく、男たちが行う握手の形だ。

「これは契約のようなものよ。だからあなたは私の同盟者ね。よろしく」

「こちらこそ」

二人は握手をかわす。

アデリアは満足して手を引こうとした。しかし、エディークは手を握ったまま、すっと腰を屈めた。

やや動きがぎこちないものの、それなりに優雅な動きだ。反応に迷ったアデリアの手に、エディークの唇が触れた。

「私の名はエディークですが、役柄は騎士のほうを取りましょう。お嬢様の本当のお相手が現れるまで、私がおそばにお仕えします」

恭しい言葉は、騎士たちが口にする忠誠の誓いのようだった。

アデリアは貴族領主の末娘だ。

領軍の騎士たちに敬愛を捧《ささ》げられたことは何度もある。三番目の婚約者からは、誠意の欠片《かけら》もな

かったけれど、一応ひざまずいて愛を捧げられた。

なのに、今までになかったくらい落ち着かない気分になる。

元騎士の唇が一瞬触れた肌が、熱くなった気がした。ぼさぼさの髪の毛先が手の甲に当たって、それもなんだかくすぐったい。

「……あなたはもう騎士ではないのでしょう？　それなのに仕えるなんて言っていいの？」

「そういえばそうですね。つい習慣で言ってしまいました」

手を離したエディークは、ゆっくりと背を伸ばしながらまた笑った。

まっすぐに立ったエディークは、とても背が高い。

王国軍の騎士だった頃は、末兄マイズのように猛々《たけだけ》しかったのだろうか。それとも、次兄メイリックのように華やかな人だったのかもしれない。

アデリアはそんな想像をして、でもそんな姿を見ることはもうないのだと思い至る。

それは……とても残念なことに思えた。

第二章　司書との同盟

領主館の廊下を、赤みの強い茶髪の男が歩いている。

着ているのは領軍の騎士の制服。領主の次男メイリックだ。母親似の華やかな美貌は、わずかに疲れが浮かんでいる。

今朝は夜勤明けで、いつもなら兵舎で寝ている頃合いなのだ。しかし兄バラムからの呼び出しがあったために領主館に戻ってきた。大股の歩調に乱れはないものの、さっきから何度も欠伸《あくび》をかみ殺している。

眠気を紛らわすために軽く首を動かしたメイリックは、突然足を止めた。直前まで軽快に歩いていたので、壁際に避けて道を譲ろうとしていた使用人たちは驚いた顔をする。

しかしメイリックは周囲の視線を全く気にせず、一点をじっと見つめていた。

視線の先にいるのは、ふわふわと長い黒髪を背に垂らした少女。いや、もう十七歳になっているから、大人の女性と言ってもいいだろう。

数人の侍女を連れて、どこかへ向かっている。

領主の末娘アデリアだ。

メイリックは眉をひそめた。

しばらく待っていた従者たちは、戸惑いながら顔を見合わせる。お互いに目で会話をして、恐る恐る声をかけた。

「メイリック様、何か気になることがありましたか？」

「何もない。だが……アデリアは元気そうだな」

「え？　ああ、はい、お嬢様はとてもお元気でいらっしゃいます。今日も書物室へお出掛けのようですね」

「書物室？」

従者の言葉に、メイリックはまた眉を動かした。

領軍の騎士であるメイリックは、領主の息子なのに普段は兵舎で過ごしている。妹アデリアとはそれなりに仲良くしているが、毎日顔を合わせることはない。すれ違った時に軽く会話をする程度だ。

だから、アデリアが書物室へ向かう姿を見たのは、婚約者だったフェリックの訃報が届いた日以来だ。あの日のアデリアは気丈に振る舞っていたものの、あんなに明るい表情ではなかった。

メイリックがじっと見ているから、使用人たちもつられたようにアデリアへと目を向ける。小柄な令嬢を見送り、彼らはまたこっそり顔を見合わせる。今度は皆笑顔ばかりだ。

使用人たちの表情の変化に、メイリックはわずかに目を細める。その間にアデリアは見えなくなった。

アデリアのことは気になるが、わざわざ領主館に来ているのは長兄からの呼び出しのためだ。髪を乱暴にかきあげたメイリックは、再び兄バラムの部屋へと向かうことにした。


「エディーク、お邪魔するわね」

書物室を訪れたアデリアは、声をかけてみた。

でも書物室は、しんと静まり返ったままだ。ゆっくりと歩いてくる足音も聞こえない。

しばらく待っていたアデリアは、周囲を見回しながら首を傾げた。

「……珍しいわね。今日は誰もいないのかしら」

「奥を見てまいりましょう」

侍女のオリガが早足で司書室を見に行った。

その間に、アデリアは椅子に座る。自室に持ち帰っていた絵物語を返却するために立ち寄ったというのが口実だから、もう一人の侍女ネリアに、読み終えた絵物語の片付けを頼む。

そうしているうちに、奥から白髪の老人がオリガと共にやってきた。

書物室の責任者である司書長だ。

昔は騎士だったそうで、今でも並の若者たちより体格がいい。すでに老人と言われる年齢なのに、背筋がまっすぐに伸びている。

丁寧な礼をした司書長は、穏やかな笑みを浮かべた。

「ようこそお寄りくださいました。アデリアお嬢様」

「まあ、司書長さん！　今日は書物室に来ていたのね。お会いするのは久しぶりじゃないかしら。最近はあまり見かけないから心配していたけれど、私よりお元気そうだわ」

「ははは。この年齢ですので、面倒な仕事は若い者たちに任せております。まだまだ元気なつもりですが、老いには勝てませぬ。最近はめっきり酒にも酔いやすくなりました」

「あら、お父様は、お酒ではまだあなたには勝てないと言っていたわよ」

大袈裟《おおげさ》に声をひそめたアデリアは、すぐにくつろいだ顔で笑った。

この司書長は、アデリアにとっては祖父のような人だ。司書長も、年齢のわりに小難しい本を読みたがる少女をかわいがってきた。

書物室に和やかな空気が流れ、アデリアはしばらく司書長との会話を楽しむ。

それから、咳払いをして少し目をそらした。

「ところで……今日はエディークはいないのかしら」

「申し訳ございませぬ。あの男には使いを頼んでおりまして。まだ体は不自由ですが、なかなかの力持ちですからね。つい、いろいろ頼んでしまいましたが、間もなく戻ってくるでしょう」

「そうなのね。ここでエディークを待っていてもいいかしら？」

「もちろんでございます。……奥方様からは、彼の扱いについても伺っておりますよ」

司書長は意味ありげに頷いてみせた。

その深いシワを刻んだ笑顔に、アデリアはもう一度こほんと咳払いをして目をそらした。

幸いなことに、司書長はそれ以上言葉にせずにいてくれた。笑顔でまた司書長室へと戻って行く。

今もぴしりと伸びた司書長の背中を見送り、アデリアはこっそりため息をついた。

離れたところに控えていた侍女たちは、真面目な顔を保とうとしていた。でもすぐに我慢できなくなったようで、楽しげな笑顔になった。

「お嬢様、せっかくですから、次の絵物語を選んでいいですか？」

「まだまだ、とても良いお話がありますよ！」

「……そうね。待っている時間があるから、お願いしようかしら」

「お任せください！」

若い侍女たちは、あっという間に絵物語のコーナーへ行って、小声で話し合いながらいろいろな本を手に取っていく。二人とも真剣な表情になっているようだ。

その勢いに気圧され、アデリアは黙って待つことにした。

実は今でも、恋愛物語には特別に興味を持っているわけではない。でも書物室に通う口実は必要だ。絵物語なら簡単に読み切ることができる。少なくとも、アデリアが好んできたような地理や歴史の書物よりは早く読み終わる。

母ポリアナの目にそれらしく見えるように、できるだけ頻繁に書物室に通わなければならない。そのためにも、侍女たちのおすすめの絵物語を読んでいくのはちょうどいいのだ。

そんなことを考えながら、何気なく書棚に目を向けた。

「……あら？　あの赤い表紙は、もしかして……」

少し離れたところにある書棚に、くすんだ赤色の背表紙が見えた。その色には見覚えがある。幼い頃に祖父の膝に抱かれながら見たものに似ている。

生前の祖父がよく読んでいたものなら、地理に関する本だったはず。祖父の部屋では見かけないと思っていたけれど、書物室に移されていたようだ。

アデリアは無性に懐かしい気分になった。

侍女たちは熱心に選んでいて、まだ時間はかかりそうだ。そっと立ち上がり、侍女たちの邪魔をしないように静かに書棚へと進む。

祖父の本は、どっしりと厚い本ばかりが並んでいる棚にあった。

古びた背表紙に、金色の文字が綴られている。どうやら地質についての本のようだ。デラウェス領について調査した結果をまとめているらしい。

農地開発のために大規模な調査をしたのは、祖父の時代だったはずだ。祖父は息子バッシュに領主の地位を譲った後も、地質について調べ続けていたと聞いている。

アデリアが祖父の部屋で見たと思われる古い本の他に、似た色合いの、より新しい本も同じタイトルで並んでいる。

数字が振ってあるから、最近の調査結果もまとめているのかもしれない。

アデリアは引き寄せられるようにその本の前に立って、手を伸ばしてみた。思ったより高い位置にある。背表紙に指先は触れたけれど、つまめそうにない。

調査結果をまとめただけの本なら、それほど丈夫な作りではないだろう。無理に引っ張ると傷みそうだ。

でも、読んでみたい。

アデリアはもう一度、思いっきり背伸びをしながら手を伸ばそうとした。

「お望みの本は、これですか？」

すぐ後ろから低く穏やかな声がした。

振り返る前に、アデリアの背中越しに手が伸びていた。どんなにつま先で立っても指先が触れるだけだった本を、手袋をつけた手は楽々と抜き取っていく。

アデリアはとすんと踵《かかと》をつけて、振り返った。

予想通り、ぶかぶかの司書の制服が見えた。ただし、思っていたより近い。近くから見上げると、圧迫感を感じるほど大きかった。

「ああ、なるほど。これはお嬢様好みの本だ。よくお見つけになりましたね」

金髪の司書は、本の表紙に目を落としながら穏やかに微笑む。

相変わらず、ぼさぼさの髪のせいで表情はわかりにくい。でもヒゲがないから、笑っていることはわかる。

司書のエディークだ。

本を左手でしっかり抱えると、再び書棚を見上げた。

「他もお取りしましょうか？」

「そうね。できればその続きの巻も中身を確かめてみたいわ」

「かしこまりました」

頷いたエディークは、さらに本を取る。

腕の上げ方にわずかに不自然さがある気がしたけれど、もともと背が高いから本を扱うには不自由はないようだ。

なんとなくほっとしたアデリアは、本を受け取ろうと手を出した。しかしエディークは渡そうとはせず、アデリアをテーブルへと促す。

運んでくれるらしい。

アデリアは布製の手袋をはめた手に目を向け、一瞬迷った。

でも、怪我のことを知る前はいつも運んでもらっていた。ならば、今まで通りにするべきだろう。

そう思い直し、アデリアは最初に座っていたテーブルへと戻っていく。そこには、すでに侍女たちが選んだと思《おぼ》しき絵物語が数冊並んでいた。

「あ、お嬢様！　……あら、エディーク様もご一緒でしたか」

さっそく推薦しようとしていた侍女たちが、アデリアの後ろにいたエディークを見ると慌てて離れていく。

二人の時間を邪魔しないように、と気を遣っているらしい。

アデリアは居心地が悪く感じるけれど、今は良心に蓋をする。こっそりため息をついてから、エディークが立っていることに気付いた。

「エディークも座ってちょうだい」

「では、失礼します」

手にしていた本を机の上に置き、エディークはやや大きな動きで椅子に座った。アデリアなら余裕のある椅子なのに、エディークが座るととても小さく見える。ぶかぶかの制服が大きな体をさらに強調しているようだ。

こうして見ると、エディークは騎士らしいがっしりした体型をしている。なぜ全く気付かなかったのかと、今となっては不思議なほどだ。

話し方が祖父や司書長に似ているから、年配だと思い込んでいたのかもしれない。でもエディークの言葉の使い方は王都の騎士風なのだそうだ。

そんなことを考えながら何気なく絵物語に目を向けて、アデリアはふと首を傾げた。

「エディークは、昔から読書家だったの?」

「どうでしょうか。読書家というほどではないですね。これでも騎士として務めていたくらいには、体を動かすことを好む人間です」

「お兄様たちも似たことを言っていたわね。騎士って、皆そんな感じなのかしら」

「皆、というわけではありませんが、似たようなものでしょう」

エディークは苦笑混じりに答えた。

アデリアも、その答えには納得する。でも疑問はその先にあった。

「蔵書についてとても詳しいのは、全部読んだからなのかしら?」

「時間はありましたので。体が動かないなら、せめて知識を磨こうと努めています」

「それは素晴らしいと思うわ。ということは……」

アデリアは言葉を切り、チラリとまた絵物語を見た。

「絵物語も、デラウェスに来てから読んだの？」

エディークの返事はない。

どうしたのかとアデリアは顔を上げる。エディークは少し落ち着きなく、目をそらしていた。

「エディーク？」

「……司書長から、後学のために読むように言われまして」

「あら、司書長さんから？」

アデリアは目を丸くした。

では司書長もよく読んでいるのだろうか。

つい考え込んで、でもすぐに感心したように頷いた。

「それで、あんな大雑把な前半のあらすじで『白百合に誓う愛』とわかったなんて、エディークはすごいわ。きっとお父様もバラムお兄様もご存じないわよ」

「知らない男のほうが多いでしょうね」

エディークは苦笑したようだ。

しかし、ふと何か思い出したように唇をわずかに歪《ゆが》めた。

「そういえば、私の元同僚にも恋物語にとても詳しい男がいます。女性たちの心理を理解するためだと言っていました」

「……これが、そういうことに役に立つのかしら?」

「どうでしょうか。ただ、女性たちが好む会話は学ぶことができるとは言っていました」

「えっと、よくわからないけれど……勉強熱心な方ね!」

意外な話に驚いたアデリアは、でも結局は笑ってしまった。

エディークの元同僚なら王国軍の上級騎士のはず。家柄だけでは務まらないと言われ、騎士の中の騎士と称されている。一年近く前から国王軍の騎士となっている末兄マイズも、日々の訓練は並大抵のものではないと言っていた。

そんな苛烈な職務をこなす騎士たちの中に、甘い恋を題材にした絵物語を読む人もいるらしい。

それも、自分の趣味のためではなく、女性が好む会話を学ぶために。

エディークに絵物語を勧めた司書長も、昔は王国軍の騎士だったと聞いたことがある。もしかしたら、王国軍の騎士の一部でひっそりと流行《はや》っているのかも知れない。今度マイズが帰省したら聞いてみよう。

アデリアはもう一度小さく笑って、それからテーブルの上の絵物語を手に取った。

「エディークは、この話は読んだことはある?」

「はい。侍女殿たちが選んだのですか?」

「そうよ。まだたくさんお薦めがあるみたいね。これ、エディークは面白かった?」

「それは……面白かったかと問われると……」

「じゃあ、つまらなかったの?」

アデリアは首を傾げる。

金髪の司書は顔をそらし、ぼさぼさの髪をくしゃりとかきあげた。

髪に隠れていたすっきりとした鼻が露わになる。少し目尻の垂れた目元も、とても濃い色合いの青い目もよく見えた。

困ったように引き結んでいた口元は、しかしすぐに緩んで笑みの形になった。

「白状しましょう。つまらなくはなかったですよ。ただ、落ち着かないくらいに甘い恋物語でした」

青い目が、アデリアへと向く。

鋭くも見えるのに、今は穏やかで優しい。

まるで、年の離れた兄たちがアデリアを見る時のように。

——とくん、とアデリアの胸が鳴る。

それは一瞬だけだったけれど、その瞬間、なぜかとても落ち着かない気分になった。


領主の娘アデリアが、書物室を出て行く。

その足取りは軽く、顔も明るい。口元にはほんのりと微笑みが浮かんでいて、何かとても楽しいことがあったようだ。

後ろに従う侍女たちも何やら明るい表情を浮かべている。お互いに肘で突いては、くすくすと笑っている。

なんとも和やかで、それでいてどこか華やかな様子だ。

足を止めて見送る使用人たちの顔も、自然と微笑みが浮かんでいる。

そんなのんびりとした空気の中で、廊下の壁に身を預けるメイリックだけは不機嫌そうに眉間にシワを寄せていた。

「メイリック様。何か問題がありましたか？」

あまりにも難しい顔をしているから、通りかかった従者が思わず声をかけてしまう。

しかしメイリックはすぐには答えなかった。ふわふわと黒髪が広がる妹の華奢《きゃしゃ》な背中を見送り、はあっと息を吐いて赤みの強い髪を乱暴にかき乱した。

「……アデリアは、いつもあんな楽しそうな顔をして帰っていくのか？」

「アデリアお嬢様のことですか？　ええ、だいたいあんな感じでございます。書物室に向かう時も楽しそうにしていらっしゃいますが、帰りはさらにご機嫌麗しいご様子です」

やや年配の従者は、思わずという様子で微笑む。

メイリックはそんな従者を見て、また髪をかき乱した。

「つまり……例の司書に会っているのだな？」

「そう伺っております」

自分の孫の話をするように微笑んだ従者は、すぐに顔を引き締めて領主の次男に恭しい礼をすると共に自分の仕事へと戻っていった。

一人残ったメイリックはため息をついた。

兄バラムに呼び出された理由は、妹アデリアのことだった。正確には、アデリアが楽しそうに会っているという司書との関係についてだ。

メイリックは根っからの武人で、読書を楽しむような性格ではない。だが、書物室にいる金髪の司書のことは一応知っていた。

司書だけでなく、領主館の使用人について、警備上の理由で全ての顔を覚えている。年齢などの簡単な情報も頭に入っていたが、金髪の司書については「司書長の推薦」ということしか知らなかった。

その司書が、アデリアの最有力婚約者候補になっているらしい。少なくとも母ポリアナはそのつもりでいると兄から聞かされて、メイリックは耳を疑った。

書物室から帰っていく妹がとても機嫌がいいのを見ても、まだ納得できずにいる。

「……あり得ないな。あの司書、生まれも経歴も悪くないようだが、バラム兄上よりも年上のはずだぞ？」

舌打ちをするが、今すぐ書物室に向かいたい衝動はグッと抑え込んだ。兄バラムからは、今は静観せよと命じられている。

だからどれだけ不満があっても、己の手のひらに拳をぶつけるだけで我慢する。

周囲が目を丸くしている中、メイリックは窓を見た。強い風に乗って、白い雪がちらりちらりと流れている。

北風に乗ってきたようだ。まだ本格的な雪ではない。

しかし、季節はすでに冬に入ろうとしていた。

◇

アデリアは軽い足取りで廊下を歩いていた。

身につけているのは、仕立て上がったばかりの新しいドレス。正装ではないから華やかさはないけれど、領主令嬢に相応しいように細かなところにさりげなく高価な飾りを使っている。

縁取りに使っている青いリボンは、よく見ると繊細な織り模様が入っている。このリボンはもともと気に入っていた。それをドレスに使うと、予想以上に肌映りがいい。

普段用の簡素なドレスながら、袖を通した瞬間からとても気分が明るくなった。その気分を察してくれたのか、侍女たちが用意した肩掛けは、いつもの暖かさ優先の真冬用の分厚い物ではない。明るい色合いの春を先取りした軽い物だ。

この服装で書物室に向かっているのは、深い意味はない。

もともと書物室に向かう予定だった。

エディークとの同盟のために、それらしく見えるように心がけている「いつも通りの予定」をこなすだけのつもりだったのに、朝の着替えの時にネリアが「新しいドレスを試しますか?」と聞いてきた。

だから、このドレスを着ている。

すれ違った家令や侍女たちがにっこり笑っても、彼らが期待するような深い意味はないのだ。

でも、アデリアも自分が浮かれ気味なのは否定しない。

司書という仕事のせいか、あるいは王宮にいたことがあるためか、エディークは男性にしては装飾品などへの目配りができる人だ。

だから、新しいドレスを着た姿を見て、どんな言葉を聞かせてくれるか楽しみにしている。

侍女たちを従えて、階段を下りて一階に着く。

書物室まであと少しだ。そう思って廊下を進もうとした時、反対側の廊下から視線を感じて振り返った。

領主の奥方ポリアナだ。

つい足を止めてしまったアデリアに、ポリアナは侍女たちと同じような表情でにっこりと笑う。

しかし、こちらにやってくる様子はない。若い娘のように笑顔で手を振ると、すぐに外へと出て行ってしまった。玄関の前に馬車が横付けされているから、これからどこかへ出掛けるようだ。

とはいえポリアナのことだ。馬車に乗り込まずにここに戻ってくるかもしれない。

そう考えて、頭の中でいろいろな想定問答のおさらいをしながらその場で待ってみたけれど、馬車が軽やかに走り去っていってもポリアナは戻ってこない。

密かに身構えていたアデリアは、ほっとしつつも戸惑ってしまった。

完全に肩透かしだ。

「お嬢様？　どうかしましたか？　ご予定の変更でしょうか」

「何でもないわ。書物室へ行きましょう」

心配そうな侍女に急いで笑顔を向け、アデリアは何事もなかったように歩き始めた。


「……でも、なんだかおかしい気がするわ」

書物室で椅子に座ったアデリアは、小さくつぶやいた。

脳裏には、先ほどの母の姿がある。

新しいドレスと明るい色合いの肩掛けを身につけて書物室へ向かう姿を見れば、母ポリアナは絶対に何か言ってくると思っていた。そのくらい浮かれているように見えることは自覚していたし、絵物語好きの母なら、頬を染めながら新しいドレスを着るヒロインたちを連想するだろうと思っていた。

アデリアだって、状況だけを見ればまるで物語のようだと思ったのだから、ポリアナなら、もっと具体的にヒロインたちの初々しい恋物語を連想したはずだ。

なのに、反応らしい反応は意味ありげな笑顔だけだった。

よく考えてみると、ここ最近はずっとそうだった気がする。

アデリアが意図的に書物室へ通うようになって、もう三ヶ月が過ぎている。寒さの厳しい冬も終わりが見え始めた。

アデリアが予想した通り、母ポリアナは縁談を集めてこなくなった。もう決まったのだと言わんばかりに、他家貴族の子弟の話は全くしない。

もちろんエディークへの圧力も、あの時からはないと聞いている。

でも、それにしてはおかしい気がする。あの熱心すぎるポリアナが、どうしてこんなに静かなのだろう。

「……やっぱりおかしいわよ」

「お嬢様？　何かありましたか？」

ちょうど近くを掃除をしていたエディークが振り返る。

元騎士という前歴を持つ司書は、相変わらずのぼさぼさ髪だった。ただしそれは前面から見た時だけだ。後ろはすっきりと束ねている。これはアデリアが母と交渉した結果の妥協案だ。

比較的すっきりしていて、それでいてヒゲがなくても顔の傷痕が目立ちにくい。左側だけ目元がわかるように分け目を作っていて、こめかみの傷痕はきれいに隠れている。

ほどよく身綺麗《みぎれい》で、でも威圧感を与えない。エディークらしいと思える姿だから、アデリアは満足していた。

「そうだわ。今日は新しいドレスを着てみたの。どうかしら？」

笑顔で振り返ったアデリアは、ふわりと肩掛けを掛け直し、まるで肖像画を描いてもらっている時のように気取った姿勢に座り直す。

エディークは小さく眉を動かした。雑巾を丁寧に畳み直して棚に置き、期待するように目を輝かせているアデリアへと体を向けた。

「よくお似合いですよ。大人の女性らしい、良いお色だと思います」

「……それは、普段は子供っぽいってこと？」

「お嬢様は小柄でいらっしゃるし、どちらかといえばかわいらしいお顔立ちですから。でも今日のお姿は、年齢以上に大人の女性に見えます。まだお若いと思っていましたが、お嬢様は立派な大人のご婦人でしたね」

「そうよ。もう十七歳ですもの。お母様ならバラムお兄様を生んだ歳よ。だから私も大人の女性だと思うのよ」

アデリアはなんとなく胸を張って言う。

それに沈黙と微笑みを返したエディークは、また棚に向き直って作業に戻った。

……軽く流されてしまった。

言葉では大人に見えると言いつつ、子供扱いをされた気がしてむっとする。だからと言って、エディークに見え見えの嘘《うそ》をつかれるのも嫌だ。率直な言葉を、礼儀に包んで言ってくれるから心地好いのだ。

複雑な心のままエディークの後ろ姿を見ていたアデリアは、ふと先ほどまで考えていたことを思い出した。

「ねえ、エディーク。おかしいと思わない？」

「何がおかしいのでしょうか」

雑巾で丁寧に本棚を拭きながら、エディークは律儀に聞き返す。アデリアは立ち上がって彼の横へと回り込み、手を止めた背の高い司書を見上げた。

「何もないのはおかしいわ。どうしてお母様は何も仕掛けてこないのかしら」

「奥方様……と言いますと？」

「お母様のことだから、あなたとの縁談をどんどん押し進めようとすると思ったのよ。そのためにいろいろ理由を考えて、答え方も話し合ったでしょう？」

「そうでしたね」

「なのに、何も動きがないのよ。さっきもお母様をお見かけしたわ。でもお母様は何も言わずに出掛けてしまったのよ。絶対に何か言われてしまうと思ったのに。……あなたに対しては何かあった？」

「その件でしたら、私のほうにも何もありません」

「そうなのね。ではやっぱりおかしいわ。思い立ったらどんどん押し通すお母様が、どうして三ヶ月も何も仕掛けてこないのかしら。もしかして、あなたのご生家に直接縁談として話を持っていったりは……？」

「それはないと思います」

エディークは拭き掃除を再開した。

貴族出身の騎士というと、本来ならかなりの高位だ。それにエディークの実家はカルバン家。北部では有名な名家である。

三男だから家督を継ぐ可能性はないものの、家格の高さはそれだけで敬意を払われるものだ。そんな良い生まれで、怪我のために引退したとはいえ、国王から特別に目をかけられている存在が、こんな田舎の領主の館で掃除をすることはまずない。

なのにエディークは、下働きがするような仕事まで淡々とこなしている。

「私の生家とは何度か手紙のやり取りをしていますが、今のところ何も言ってきません。もし私に縁談が来たとすると、兄はそれを隠し通すことはできません。ですから、奥方様は何も動いていないはずですよ」

「ふうん、そうなの?」

アデリアは首を傾げた。

兄というと、アデリアは長兄バラムを思い浮かべてしまう。だから「隠し通すことはできない」という表現がよくわからない。どういう意味だろう。

エディークの兄は、エディークとも、アデリアの兄たちとも性格が違うのだろうけれど……。

よく考えてみると、エディークのことは王国軍の騎士だった事意外はほとんど知らない。弟はいるようだが、その他にどんな家族がいるのか、故郷はどんな土地なのか、そういう話をしたことはなかった。

手紙のやり取りをしているという兄は、エディークと似ているのだろうか。そんなことを考えて、アデリアは拭き掃除をしている司書を見上げてこっそり笑った。

「お嬢様?」

「ああ、ごめんなさい。あなたのお兄様って、どんな人なのかなと思ったの。ご兄弟は仲がいいの?」

「男ばかりの上、かなり年齢が近い兄弟ですからね。仲はいいと思います。家督を継いでいる長兄は、我々兄弟の失敗は隠してくれるのに、少しでもいいことがあると皆に言い回る人でして。私が騎士になった時も、功をあげた時も、弟が婚約をした時も、一族だけでなく、領民全てに知れ渡る勢いでした」

「それは……すてきなお兄様ね」

そう言いつつ、もし自分の兄がそんな人だったら、とてもいたたまれないだろうとも考える。

敢えて言うのなら、次兄メイリックにそういうところがあるけれど、長兄バラムがしっかり抑えてくれるから暴走までは至らない。

もし長兄バラムがエディークの兄のような人だったら……。ふとそんなことを考えて、アデリアは思わず首を振ってしまった。

あの厳しい長兄が、家族の個人的な話題をあらゆる人に言って回るなんて、想像するだけでも恐ろしい。

そんな思いが顔に出たようだ。エディークはアデリアを見て少し笑った。

右顔の傷痕のせいで、わずかに唇が歪むからだろうか。この元騎士の司書の顔は少し物騒に見える時がある。

でもこうしてくつろいだ様子で笑っているのを見ると、とても穏やかな気分になる。

新しいドレスを褒めてもらった時のように。

……なんだか心がぽかぽかする。

しかしエディークは、急に笑みを消した。

どうしたのだろうと首を傾げるアデリアから目をそらし、ため息とともに拭き掃除を終えた。

「それより奥方様のことですが。……実は、少し思い当たることがあります」

「それは、どんなことなの？」

「……もしよろしければ、あちらで座りませんか？」

エディークは絵物語が収められている一画を示す。

そちらを振り返ったアデリアは、はっとしたようにエディークの足を見て頬を赤くした。

「ごめんなさい。またあなたの体のことを忘れていたわ。長い立ち話はだめよね」

「いいえ、私の足は最近は少しましになっています。足のためではなく……」

困った顔で言葉を濁したエディークは、そのまま雑巾を片付けにいった。

その間に絵物語の棚の前へ移動したアデリアは、戻ってきたエディークにすぐに椅子を勧めた。

書物室の壁際に控えている侍女たちも、立ち位置を変えている。

近くにある暖炉に薪を足してから座り、エディークはぼさぼさだが鮮やかな金色の前髪を軽くかきあげた。傷痕の少ない左側が露わになり、目尻のやや垂れた青い目がはっきりと見えた。

「私から申し上げていいものか、少し悩んでいたのですが。アデリアお嬢様はまだお気付きではないようなので」

「もしかして、私、何かよくないことをしてしまったのかしら」

「そういうことではないのです。ただ……」

むき出しになったエディークの紺青の目が、絵物語の並ぶ棚に向く。

「……お嬢様は、あの絵物語の内容を覚えていますか？」

なんだか歯切れの悪い言い方だ。

何のことかと首を傾げたアデリアは、彼の視線をたどって、ああ、と思い当たった。エディークが言い淀む絵物語というと、登場人物が彼と同じ名前のあの物語だろう。

「それは『白百合に誓う愛』のこと？」

「後半の内容は覚えていますか？」

「もちろんよ。涙にくれていたイレーナが、エディークと出会って愛を育むのでしょう？」

「……はい、その通りです」

恋物語の登場人物が自分の名前と同じというのは、エディークにとってはいまだに落ち着かないようだ。

精悍《せいかん》な目元が、動揺を隠しきれずに視線をさまよわせた。でもすぐに立ち直ったようで、改めてアデリアに目を向ける。

姿勢を正した元騎士の司書は、まだためらいがあるのか、用心深く言葉を続けた。

「二人の出会いからの過程が、ゆっくりだったことを覚えていますか？」

絵物語『白百合に誓う愛』の後半は、そのタイトル通り、百合の花が咲く野原から話が進んでいく。百合の香りの中で出会った二人がお互いの名前を知ったのは、何度も顔を合わせ、くつろいだ会話を交わせるようになった後だった。イレーナが心癒され、さらにエディークが想いを告げるまでに、読み手たちはどれだけ焦《じ》らされたことか。

「……そうね。そういえば昔の私は、百合の花が散る前に飽きてしまった気がするわ。今はその過程も楽しめるけれど、確かにゆっくりしているわね」

「奥方様はあの話の大変な愛読者のようです。ですから……あの話になぞらえているのではないでしょうか」

「なぞらえる？」

「まずは何もせず、ゆっくりと待っている、ということです」

「……あのお母様が？」

アデリアは考え込んだ。

ポリアナは、娘が司書と話をするのを微笑ましく見ているのは間違いない。書物室に行くと言うと嬉しそうな顔をするし、先ほどもとても意味ありげな笑顔で手を振っていた。

それなのに、思い込んだら突っ走るあの母親がおとなしくしているのだ。絵物語のように、二人が時間をかけて距離を縮めていくのを待っているためだと考えると、確かに納得できる。

「……ねえ、オリガ、ネリア。『白百合に誓う愛』では、出会ってから結婚まで、どのくらいの時間がかかったかしら」

振り返って、壁際に控えている侍女たちに少し大きめの声で質問をする。すすっと前に進み出た侍女たちは、にっこりと笑って力強く頷いた。

「ちょうど一年でございます」

「プロポーズは、再び巡ってきた百合の香りの中でしたわ」

「そういえばそうだったわね。では、時間はゆっくりあると考えていいのかしら」

「実は……それにも問題がありまして」

エディークは目をそらして膝を撫でた。

その表情はなんだか複雑そうだ。

何かを感じとったのか、訳知り顔の侍女たちが急に今までよりさらに離れた位置に移動した。何も見ていないと強調するように顔もそらす。

アデリアも思わず背筋を伸ばしてしまった。

あまりにも緊張した顔をしすぎたのだろう。エディークが表情を緩めて微笑んでいた。

「ご安心ください。深刻な事態ではありません。ただし、ある意味では、深刻と言えなくもないのですが……」

柔らかな微笑みが、苦笑いに変わる。

エディークはため息をついてから、言葉を続けた。

「実は……一年では足りないかもしれませんが、そのくらいの時間があれば、私は馬に乗れるようになるかもしれません」

「……えっ？」

アデリアは思わず身を乗り出した。

エディークの言葉をゆっくりと頭の中で繰り返し、それから恐る恐る聞いた。

「もしかして、足や体の調子が……以前よりいいの？」

「はい」

「そうなのね！　よかったわ！」

喜びのまま声を上げ、アデリアは勢い良く立ち上がった。

とっさに立ち上がれず、まだ座っているエディークの手を取って、ぎゅっと握りしめた。

「手はほとんど大丈夫なのでしょう？　馬に乗れるようになれば、前線の騎士は無理でも、もっといい仕事につけるわね！」

「それは、そうかもしれませんが」

アデリアの勢いに押され、エディークはわずかに身を後ろにそらした。

しかし、すぐに我に返ったようだ。さりげなく手を抜き取り、ゆっくりと立ち上がってアデリアとの距離を作った。

「お忘れですか？　私との縁談を無理に進めないようにする口実が、この先使えなくなるかもしれないのですよ。他の言い訳を考える必要が出てくるかもしれません」

「あ、そうか。そうね。それは困るわね。……でも、本当によかったわ。ご生家のお兄様にいい知らせができそうなんですもの！」

エディークの懸念に、アデリアは一瞬だけ複雑な顔をした。

しかしそんな不確かな未来のことより、エディークの体の回復のほうが大切だ。

とても良いことだから。

アデリアは、自分や母親のことはいったん忘れることにした。

「エディークのお兄様は、絶対に喜んでくださるわよね。こういう場合は最後まで内緒にしておくものなの？　それとも、少しずつできるようになったことを報告するべきなのかしら」

自分だったら、どちらが嬉しいだろう。

アデリアは、思わずそんなことを想像していた。

「……私だったら、少しずつ教えてもらうほうが嬉しいかもしれないわ。一緒に喜びたいから。でもお母様のような方なら、ぎりぎりまで内緒にしておくべきよね。必要以上に先走りそうだもの！」

そう言って、アデリアは小さく笑った。

その笑顔のまま、エディークを見上げる。アデリアの笑顔はいつも以上に明るい。

まっすぐに見上げてくる水色の目に、エディークはまぶしそうな顔をしてゆっくりと瞬きをする。

それからわずかに目をそらした。

「エディーク？」

「……いいえ、そうですね。兄にはいい知らせをしたいものです」

「きっといいお知らせができるわよ。あ、でも体の回復のためには、もう少し体を動かしたほうがいいのかしら。司書の仕事だけでは限度があるわよね？　だったら……」

アデリアは少し考え込み、それからまた目を輝かせながらエディークを見上げた。

「少しずつでいいから、一緒に散歩をしてみない？　私がどうしてもとわがままを言えば、立場上あなたは逆らえないでしょう？　仕事場から離れても、きっと何も言われないと思うのよ」

「それでは、奥方様の思う壺《つぼ》になってしまいますよ」

「お母様は思い込みが激しいけれど、一度決めたことも簡単には覆さないわ。一年待つと決めたのなら、必ず一年は放っておいてくれるんじゃないかしら。せっかく時間があるのなら、あなたの体の回復にいいことをもっとするべきだと思うの」

アデリアは背の高いエディークとの距離を詰めて、間近から見上げる。エディークは非礼にならない程度の距離を保とうと下がりかけたが、アデリアはそれを拒否するように手を伸ばした。

エディークの動きが一瞬止まる。その隙に、アデリアは高いところにある顔に触れる。

正確には、頬から額まで続く傷痕へと手を伸ばしていた。

「あなたは国王陛下に信頼されていると聞いているわ。もし体が回復すれば、また陛下にお仕えすることができるかもしれないでしょう？　前向きに体の回復に励むことは、あなたのためにも、陛下のためにも、それにあなたのお兄様のためにもなると思うのよ」

アデリアはそこで言葉を切り、それからやっと淑女らしくないことをしていると気付いて、真っ赤になりながら手を下ろした。

エディークはほっとした表情を見せたが、アデリアはなおもエディークとの距離は変えなかった。

ごく近くから青い左目を見上げる。

下から見上げると、こめかみにある傷痕が見えた。

「ねぇ、エディーク。あなたは私の愚痴をたくさん聞いてくれたわ。私は何も感じていないと思っていたけれど、四度目の婚約がだめになって、実はそれなりに落ち込んでいたみたい。でも愚痴を聞いてもらえたから、すぐに元気になれたと思うの。だから今度は、私があなたのために時間を使うわ」

「しかし、それは」

「心配しないで。お礼は出世払いでいいから。あなたが私についての美談を広げてくれれば、いい縁談が来そうでしょう?」

アデリアは笑顔のままそう言った。

本当に心からそう思っているからこその笑顔だ。エディークはそれがわかるくらい、領主の末娘と顔を合わせていた。

だからと言って戸惑わないわけでもない。何か言おうと口を開くが、笑顔のアデリアは手の動きだけで言葉を制して、まるで芝居をしているように大袈裟な身振りをした。

「ねえ、想像してみて? 奇跡的な復活を遂げた騎士様が、国王陛下の前でこう言うの。『今の私があるのは、あるお嬢様のおかげです』って。ずっと行き遅れていても、いい縁談が来そうじゃない? もし結婚できなくても、騎士様に生涯を捧げたと言い張ってしまえばいいのよ。あら、なんだか物語みたいね!」

「……お嬢様は、すっかり絵物語に毒されてしまいましたね」

「だって、たくさん読まされてしまったんですもの。でも考え方が変わるから、面白いといえば面白いわね」

アデリアはクスクスと笑う。

それから、離れたところから好奇心を隠せずにちらちら見ている侍女たちを振り返った。

「さて、そろそろ部屋に戻ろうかしら。昨日借りた古い時代の伝承の本、とても面白いから続きを読まなければいけないわ。また面白そうなものを教えてね。でもエディーク、気候が良くなったら、私との散歩のことも考えてみてちょうだい！」

機嫌良くそう言って、アデリアは軽やかな足取りで書物室を後にした。

まるでポリアナのような鮮やかな去りっぷりだ。

楽しげな後ろ姿を見送ったエディークは、天井を見上げるようにして深いため息をついた。

「……奥方様。隠れ続けるのは構いませんが、今日はお出掛けのご予定があったのではありませんか？」

天井を見上げたまま、エディークは独り言のようにつぶやく。

しばらくは何も起きなかった。

やがて、かさりと小さな音がして、誰もいないはずの棚の陰から暖かそうな服装の女性がそろりと出てきた。

領主の奥方であるポリアナだ。

若々しく美しい奥方は、真冬の外出用の姿をしていた。暖炉のある室内だからか、厚手の肩掛けと手袋は外しているが、外套《がいとう》はまだ着込んでいる。

ポリアナはアデリアが出て行った扉口を見ながらエディークに歩み寄り、少女のように首を傾げた。

「いつから、わたくしに気付いていたの？」

「奥方様が棚の陰に入った時からです。現役を離れているとはいえ、私が騎士であったことをお忘れですか？」

「そうだったわね。だからわざわざ移動したのね？　そちらには近付けなかったから、あなたたちの会話がよく聞こえなかったわ」

「侍女たちが控えていましたから、ご心配になるようなことはありません」

「あら、そうなの？　ちょっとぐらいなら、夫が慌てるような進展があってもいいのに」

楽しそうな言葉に、エディークは礼儀正しく無言を守る。

しかし、ため息は漏れたようだ。顔を半ば隠す金髪がわずかに揺れた。

「……それで、何か御用でしょうか」

「用というほどではないけれど。あなた、アデリアに見惚れたでしょう？」

ポリアナは、ずいっと一歩近寄る。

その姿はアデリアとそっくりだ。

思わず込み上げる笑いを抑えようとしたのか、エディークの頬がわずかに動く。さらに真面目な顔を保つためにそっと目をそらした。

しかしポリアナは、そらした方向にわざわざ移動して、少し前までアデリアが座っていた椅子を指差した。

「二人で何を話していたかわからなかったけれど、あなたはアデリアを見つめていたわ。あの子が立ち上がって何か言っていた時よ。正直に言いなさい。アデリアに見惚れてしまったのでしょう？」

「ご領主様に似ておられると思っただけです」

「……こういう時は、慌てて嘘をつくほうがそれらしくて面白いのに。後ろめたさがなくてつまらないけれど、あなたのそういうところは嫌いではないわね」

ポリアナはそう言うが、明らかに不満そうだ。

絵物語の定番なら、見ていないとむきになって否定する。どうやら、それを期待されていたようだ。

エディークはため息を咳払いで隠した。

「私は堅い人間ですので、奥方様のご期待には添えないかと」

「そうかしら？　それより、アデリアのことよ。あなたから見るとあの子はまだ子供のように見えるかもしれないけれど、一緒にいて楽しいでしょう？」

「……恐れ多いことでございます」

「うふふ、やっぱりあなたはエディークね！　一年間の猶予をあげるから、その間に娘とのこと、真剣に考えてもらいたいわ。実戦には出ない優秀な騎士なんて、最高の婿候補だもの。ああ、それからね、バラムもあなたのことは反対していませんよ。息子があなたに何を見出《みいだ》したのかはわからないけれど、とにかく安心してちょうだい！」

にこやかに言い放ったポリアナは、言いたいことを言い尽くしたのだろう。侍女を引き連れて満足そうに出て行った。

書物室に、ようやく静寂が戻ってきた。

一人残されたエディークは、ぼさぼさの前髪を乱暴にかき乱しながら椅子に座り、深いため息をついた。

「全く、あの奥方様は……十七歳のご令嬢を相手に、私にどうしろと……?」

愚痴めいた独り言だった。

それに応えてくれる存在はいない。

もう一度ため息をついたエディークは、椅子に深く背を預けながら天井を見上げる。さらにため息を繰り返したが、やがてゆっくりと立ち上がった。

暖炉の前まで行って、アデリアのために足していた薪を動かして火力を緩める。火かき棒を元の場所に戻す時、エディークはわずかに顔をしかめた。

窓の外は冷たい風が吹いている。

まだ冷え込みは続いているが、最近の空は青く、光も明るく強くなってきた。このままゆっくりと春になっていくのだろう。

しかし春になるには、まだ何段階も天候が動く。今は晴れていても、天気は大きく崩れるだろう。近いうちに長い雨が降る。

「……この辺りでは、雨が続いた後に春になるのだったか」

窓を見ながら左肩を撫でる。

それから使用した椅子をきれいに並べ直していくが、その動きはいつもより鈍かった。

◇

明るい光とともに、風が窓から吹き込んでくる。

風に髪を吹き乱されながら、アデリアは窓から身を乗り出すように外を見た。

領主館のまわりの草地は、少しずつ緑の色合いを増している。一ヶ月近く続いた長雨によって、春は一気に進んでいた。

風はまだ冷たくて肌がぴりりとするものの、空気は乾燥している。日が高くなれば、きっと暖かくなるだろう。

「やっと、散歩日和になったわね！」

雨が上がればエディークを散歩に誘おうと待ち続け、やっと今日は朝から晴れてくれた。これからは晴れた日が続く季節になる。外を歩くのは、きっと気持ちが良い。

ここ数日は領主館に来客が多く、アデリアも領主の娘として何かと忙しかった。

そのために、書物室を訪れることができない日が続いている。

アデリアの事情は、領主館の使用人には知らされているものだ。エディークにも伝わっているはずで、書物室に全く顔を出せずにいても、特に何も思っていないだろう。

アデリアが気にすることは何もない。

そう思うのに、あのぶかぶかの制服を着た大きな人を見ないでいるのは、なんだか落ち着かないのだ。

エディークの穏やかな声も聞きたい気分になっている。きっと、慌ただしくて騒々しい日々が続いたせいだ。それに……。

「……散歩に誘う約束をしていたのに、果たせていないんですもの」

書物室へ向かいながら、アデリアはこっそりとつぶやいた。

今は午前の早めの時間だ。

まだ肌寒いから、アデリアは薄い外套と少し暖かめのストールを肩にかけている。しかし、その下は軽いドレスで、散歩にも向いている服装だ。少し前まで靴も暖かいものばかりを選んでいたが、今日は軽くて歩きやすいものにした。

身支度をしている間、侍女たちはこっそり笑い合っていた。きっと誤解をしているけれど、誤解されなければいけないことだから気にしないようにしている。

それに……春に散歩を楽しむのは普通のこと。何も後ろめたいことはない。

なぜか心の中で言い訳しながら書物室を訪れたアデリアは、入り口の前で首を傾げた。

普段はいない警備兵が、扉の前に立っている。もしかして来客中だろうかと足を止めると、警備兵は「どうぞ」と言って扉を開けてくれた。

アデリアが入室しても問題はないらしい。

密かに首を傾げつつ、アデリアは警備兵たちに礼を言って書物室へと入った。

「エディーク。今、時間はあるかしら？」

室内に入り、アデリアはいつも通りに声をかける。

人の気配がしたから、エディークが司書として掃除をしていると思ったのだ。しかし棚の向こうから出て来たのは、黒髪の長兄バラムだった。

「えっ？　バラムお兄様？　失礼しました。エディークだとばかり……！」

「エディーク殿なら、ここにはいないぞ」

「……いないのですか？」

慌てていたアデリアは、兄の冷ややかな声を聞いてやっと落ち着いた。

周囲を見たものの、確かに室内には他には誰もいないようだ。

アデリアが来客で忙しかったように、エディークも忙しいのかもしれない。司書長にも仕事を任されるくらいに頼られていた。

それはわかっているし、いいことだとも思う。

なのに……アデリアはなぜか、ひどくがっかりしてしまった。

しょんぼりとうつむいた妹を見て、バラムはわずかに眉を動かした。

「……今日は司書長が来ている。本を探すのなら呼んでこようか？」

「いいえ、そんな、私はたいした用事ではありませんから、出直してきます！」

司書長の部屋を振り返る兄を、アデリアは慌てて止めた。

バラムは多忙を極めるデラウェス家の後継者。そんな兄に使いをしてもらうなんて、とんでもない。

司書長も、毎日出勤しなくていいと父バッシュが許しているくらいに高齢だ。お願いすればきっと気楽に応じてくれるだろうけれど、エディークがいないからという理由で、必要もないのに呼び出すのは申し訳ない。

それに、書物室に来たのは本を探すためではない。エディークを散歩に誘おうと思ったからで……久しぶりに会えると思っていた分、会えないのが残念だと思うだけだ。

またうつむいてしまう。バラムは手にしていた書物を棚に置くと、アデリアの前に立った。

「アデリアは、最近はエディーク殿とよく会っているそうだな」

「……え？　あ、あの、えっと、気が合いますので！」

突然問われ、アデリアは何を言うと決めていたのかをとっさに思い出せずに慌ててしまった。エディークと気が合って、安心できて、それから……騎士だった頃の話を聞くのも楽しい、という設定はあっただろうか。

上手く言葉を続けられない妹を見て、バラムは眉を動かした。

相変わらず、見下ろしてくる水色の目は冷たい。長兄には、エディークとの関係がただの同盟でしかないことは見抜かれているかもしれない。

かと言って「本当は偽りの関係です」と白状することもできない。

アデリアは息を呑んで兄の反応を待つ。バラムは緊張を隠せなくて落ち着かない妹を見つめ、唇の端をわずかに吊《つ》り上げた。

「そなたが言うのなら、そういうことにしておこうか。だが、エディーク殿とはかなり年が離れている。話しづらくはないのか?」

「それは、ないと思います。初めの頃はお父様と同じくらいと思っていたから、気安く接していました もの。本当はもっと若いとわかっても人柄は知っていますし、気にしたことはありません」

緊張が消えたわけではないけれど、今度は嘘ではないからか、すらすらと答えることができた。

口元には柔らかな微笑みも浮かんでいる。

バラムはまた眉を動かした。

「……そういえば、アデリアは家令たちにかわいがられてきたな。なるほど。母上の妄言かと思っていたが、そうでもないのか」

バラムは独り言のようにつぶやく。

それから、まっすぐに立つアデリアの頭に軽く手を置いた。

「お兄様?」

「エディーク殿は、外の水飲み場にいるはずだ」

「水飲み場というと、馬用の?」

「そうだ。あの馬用の水飲み場にいる。古い棚を出すと言っていた。……それから、司書長にはすでに伝えているが、しばらくの間、ここを一人で使いたいと思っている。エディーク殿にも、すぐに戻ってこなくていいと伝えてもらえるか?」

「わかりました。お兄様はごゆっくりお過ごしください」

「アデリアも、ゆっくりしておいで」

バラムは微笑んだ。

アデリアが驚いて目を見開いている間に笑みは消えてしまったが、頭に乗っていた手は癖のある長い髪を軽く撫でてから離れた。

その手を目で追いながら、アデリアは立ち尽くす。しかしバラムはそれ以上妹に目を向けず、また本棚に向き直った。どうやら今は本を探しているようだ。

しばらくその後ろ姿を見ていたアデリアは、一人で使いたいという兄の言葉を思い出す。邪魔をしないように足音を殺し、そっと書物室を出て行った。


かつて、デラウェス領は王国の国境地帯だった。

そのため、有事には多数の騎士が滞在できるようにと、保有軍事力以上の大規模な施設がいくつも作られた。

しかし、激動の建国時代から時間が流れ、王国の領土は緩やかに広がった。デラウェス家は国境の領主ではなくなり、平和な農耕地帯の領主となっている。

王国にとって重要な地ではなくなった今、王国軍の騎士が立ち寄ることはほとんどない。昔の面影を残しているのは、増改築を繰り返しつつも砦《とりで》として造られた当初の外見を保っている領主館と、広い馬用の水飲み場、それに幾つかの建物だけだ。

その水飲み場が近くなるにつれ、賑《にぎ》やかな声が聞こえてきた。

かなりの人数が集まっている。アデリアが想像していたより大掛かりなようだ。

運び出してきた棚は複数あるようで、力自慢の使用人たちが棚を持ち上げて位置を変えたり、バケツに水を汲《く》んできたりと忙しそうに動いている。

そんな中に、エディークがいた。

他の使用人たちより背が高い。それに、今日はよく晴れているせいか、明るい色合いの金髪がとても目立っている。

すぐに見つかったことにほっとしたアデリアは、エディークのところへと向かう。

でも、その途中で一度首を傾げた。

今日のエディークは、なんだかいつもと違って見える。室内にいる時より金髪が華やかに見えるからだろうかと考えるが、すぐに間違いに気が付いた。

「これは、アデリアお嬢様」

歩いてくるアデリアに、エディークは棚を拭いていた雑巾をバケツに戻して立ち上がる。アデリアがたどり着くまでの間に、まくりあげていた袖口を戻して簡単に身仕舞いを整えた。

こういうところは律儀だ。

エディークの姿を見て、周囲も同じようにするべきだと気が付いたようだ。慌てて作業を止めて衣服を整えようとする。

そんな使用人たちに笑顔で仕事を続けるように言い、アデリアは改めてエディークを見上げた。

今日のエディークは、制服の上衣を脱いだシャツ姿だ。広い肩幅やしっかりとした腕回り、それに引き締まった腹部まで体型がよくわかる。この姿なら前職を迷うことはないだろう。

「珍しいわ。司書の制服は着ていないのね」

「作業中でしたので」

「それもそうね。でも驚いたわ。なんだか……いつもと雰囲気が違うんですもの」

そう言いながら、アデリアはつい笑ってしまった。

「ねえ、あのぶかぶかの制服はやっぱりやめましょうよ！　叔父様方のような中年太りを隠しているのかと思っていたけれど、お兄様たちのような体型じゃない。隠すのはもったいないわ」

「……上司と相談してみます。それより、何か御用があったのでは？」

「たいした用ではないのよ。書物室に行ったら、バラムお兄様があなたはここにいると教えてくれたから、来てみただけなの」

笑いを収め、アデリアは改めて周りを見た。

力仕事と水を使う作業のためか、使用人も上着を脱いだシャツ姿が多い。でも来た時はもう少し露出度が高かった気がするから、領主令嬢の前だからと急いで服を着たようだ。

気を遣うなと言っても、こればかりは無理だろう。

そう気付いて、アデリアは急に自分の考えの足りなさが恥ずかしくて頬を染めた。

「ごめんなさい。私、お仕事の邪魔をしてしまったわね。出直します。あ、そうだわ。バラムお兄様が書物室を一人で使いたいんですって。しばらく戻らないようにお願いね」

「かしこまりました」

エディークが頷くのを確かめてから、アデリアは水飲み場を離れようとした。

「お嬢様、お待ちください」

数歩進んだところで、呼び止められた。

振り返ると、エディークはアデリアを気にしながら、近くにいた使用人の一人と何か言葉を交わしている。それから、脱いでいた司書の制服を手早く羽織り、アデリアのところまで少し早足でやってきた。

「やはり、何か私に御用があったのではありませんか？」

「……ええ、でも、お仕事の邪魔はしたくないわ」

「それなら大丈夫です。あとは私がいないほうがはかどるような、片付け中心の作業ですから」

不揃いな髪を手早く結び直し、エディークは微笑んだ。

大きすぎる司書の制服を着直し、ぎゅっとベルトを締めた今は、いつもの冴《さ》えない姿に戻っている。鮮やかな金髪の色は同じはずなのに、不思議なほど目立たない。

「本当にたいしたことではないのよ。それより……あの棚はどうしたの？」

「倉庫に保管されていたものです。絵物語が最近増えたようですから、新たに書架を増やそうと思いまして。あの棚は古い時代のものですから、雰囲気も合うと思います。今日はこの通りよく晴れていますし、この先もしばらく雨にはならないようですから、ちょうどいいかと」

「あら、エディークは先の天気がわかるの？」

「雨が近くなると、古傷が痛みますので」

エディークはなんでもないことのように答える。目尻が垂れた微笑みは穏やかだ。

でも、アデリアは一瞬言葉を失った。

昨日までずっと雨が続いていた。春を告げる雨だとアデリアはむしろ室内の生活を楽しんでいたけれど、エディークにとってはつらい日々だったのかもしれない。

顔以外にも、肩にも足にも背中にも傷を負ったと言っていた。

その全てが――全身が痛むのだろうか。

いつも穏やかに微笑みながら話し相手になってくれたけれど、今までもずっと雨の日はつらい思いをしていたのかもしれない。

今日は雨が上がって、よく晴れている。……もう大丈夫なのだろうか。

「大丈夫ですよ。今日はもう痛みません」

アデリアの心を読んだように、エディークは苦笑する。

それでも心配は消えず、目を凝らしてみた。エディークの穏やかな表情からは何も読み取れない。

ますます無知な自分が情けなくなる。

でもエディークが大丈夫と言うのなら、それを信じなければいけない。信じた振りだけでもしなければ。

アデリアは目をそらして馬用の水飲み場を見た。

エディークの言葉通り、作業はほとんど終わっていたようだ。丁寧に拭い清められた棚は、またどこかへ運ばれていく。

掛け声や指示が飛び交っていて、ずいぶんと活気がある。

しかし、一年半近く前、この場所はもっと異質な熱気に満たされていた。

ふと記憶を蘇《よみがえ》らせたアデリアは、小さなため息をついた。

「……エディークがデラウェスに来て、どのくらいになるのかしら？」

「まだ一年経っていないくらいでしょうか」

「では、ここに軍馬が集まっていたのは見ていないわね」

「王国軍の騎士隊が立ち寄った時のことですか？　壮観だったとは聞いています」

「とても迫力があったわ。エディークは王国軍にいたから見慣れているかもしれないけれど、デラウェスに王国軍の騎士が何十騎も集まることはないんですもの。昔のデラウェスは、国境を任せられるくらいに重要な貴族だったそうだけれど、今は自領の維持しかしていないわ。メイリックお兄様によれば、今でも潜在戦力はそんなに変わらないそうだけれど」

ひときわ大きな掛け声が起こった。棚はあっという間に運ばれていき、水飲み場は誰もいなくなった。

人がいなくなると、急に静かになる。聞こえるのは周囲の木々を飛び回る小鳥のさえずりだけだ。

領主館のざわめきはここまでは届かない。もう少しすれば、また人がやってくるかもしれないけれど、まだ昼には遠い時間だからか、とても静かだ。

あまりにも静かすぎて、ここに軍馬が並んでいたあの日のことも夢だったのではないかと思ってしまう。

「私、この場所に軍馬があんなに集まったのは初めて見たわ。とてもきれいだった。そして今は……デラウェスはとても平和だったんだと気付いたの」

「お嬢様」

エディークは、アデリアが誰を思い出したのかに気付いているようだ。気遣うように見ている。

でもアデリアはあの日を思い出しただけで、落ち込んでいるわけではない。安心してもらいたくて、アデリアは少しだけ微笑んだ。

「恋とか、そういうものではないわよ。でも、フェリック様とはもう一度お会いしたかったわ。あの方の愛馬の話も聞いてみたかった。愚かな子供だと呆《あき》れられてもお手紙で質問して、もっとお互いを知り合う努力をしてみればよかった。……今になってそう思うようになったの」

アデリアは目を伏せた。

それから、そっとため息をついて水飲み場に背を向けた。まだ部屋に戻る気にはなれなかったから、領主館の裏側の草地を進む。その後を、エディークがゆっくりと追うように歩いていた。

「アデリアお嬢様。向こうを見て行きませんか?」

しばらく無言を守っていたエディークが声をかけてきた。

アデリアが振り返ると、金髪の司書は少し離れた場所にある建物を指差す。

領軍騎士の馬がいる厩舎《きゅうしゃ》だ。そちらを見てようやく顔を輝かせたが、アデリアはふとエディークに目を戻した。

背の高い司書は、いつもより汗ばんでいるようだ。息もわずかに切れている。

そう気付いて、アデリアははっとした。

「ごめんなさい。歩き方が早すぎたかしら」

「大丈夫です。それに、私が勝手にお供をしているだけですから」

手の甲で軽く汗を拭き、エディークはそう言って微笑んだ。

厩舎へと足を向けながら、アデリアは歩幅を少し狭くしてみた。時々後ろを振り返り、エディークの顔色を確かめる。今度は負担がないようだ。呼吸もそんなに乱れていない。

散歩に誘おうと思っていたくらいだから、今日はこの後の予定はない。エディークも、書物室にはしばらく戻れない。初めからゆっくり歩けばよかった。ゆっくり歩くべきだった。

ほっとしたアデリアは密かに反省する。それから、長兄バラムの言葉を思い出した。

バラムは「書物室を一人で使いたい」と言っていた。でも、それは本当なのだろうか。

アデリアに対しても、ゆっくりしてくるようにと言っていた。……もしかして、エディークとの時間を作ってくれようとした……？

でも、あの厳格な長兄が、そんなことまで考えてくれるのだろうか。

アデリアとエディークの間にあるのが、恋愛ではなく同盟とか契約のようなものだと見抜いているようなのに。

首を傾げている間に、厩舎に到着した。入り口で足を止めて中を覗き込むと、大型の馬が並んでいた。

どの馬も、アデリアが乗るような美しくておとなしい馬ではない。領主軍に属する騎士たちのための馬だから、主人には従順であろうと、戦場では敵を踏み散らす気性の荒さも持つはずだ。

今、厩舎にいるのは全部で十頭ほど。馬たちもアデリアを見ていた。

「あっ、これはお嬢様でしたか！」

領主一族の誰かが来たと察して、奥からひょろりとした青年が慌てて走ってくる。

アデリアは固くなりながら挨拶をする厩舎番に笑顔を向けた。

「近くに来たから馬を見に寄ってみたの。いいかしら？」

「もちろんです！　それに……その、司書様もご一緒のようですので、えっと……とにかくごゆっくりどうぞ！」

アデリアの笑顔に少し頬を染めた厩舎番は、一緒にいるエディークにちらちらと目を向け、にぃと笑って少し離れていった。

アデリアは軽く首を傾げたけれど、すぐに気を取り直して後ろに控えているエディークを手招きした。

「エディークは中に入ってもいいわよ」

「いえ、私はここで。お嬢様こそ馬の近くへ行かないのですか？」

「私もここからでいいわ。……本当は、この厩舎には近付くなと言われているのよ」

キョロキョロと厩舎の周りを見たアデリアは、少し背伸びをしながらこっそりとささやく。

エディークは眉を一瞬動かし、それから何事もなかったように咳払いをした。

「そうでしたか。私がお誘いしたのですから、お叱りは私が受けましょう」

「大丈夫よ。あなたが叱られることはきっとないから」

アデリアは小さく笑って、エディークを見上げた。

「実はね、私、小さい時に馬に近付きすぎて皆を困らせたことがあるのよ。それで、軍馬には絶対に近寄るなと言われたの」

「ああ、動物好きの子供にはよくあることですね。馬は繊細ですし、軍馬の中には気が荒いものもいますから、みだりに近寄るなという指示は正しい」

「そうなのよね。馬も迷惑だろうし、周りの人にも迷惑をかけてしまうでしょう？　だから今でも近くに行かないようにしていたのよ。こうして軍馬の厩舎を覗くのも久しぶりだわ。何年ぶりかしら」

「そうでしたか」

エディークは微笑んだ。

しかし再び馬たちを見る顔は少し変化する。アデリアが知る司書の目よりさらに真剣だった。

「さすがに良い馬が揃っていますね。……南方の馬の血が入っているのだろうか」

軍馬たちの丈夫そうな首や脚をじっくりと見て、独り言のようにつぶやく。控えていた厩舎番は、誇らしげに「よくおわかりで！」と胸を張っていた。

馬に対する目は冷静で、同時にとても優しい。

アデリアの兄たちと似ている。馬に命を預ける騎士の目だ。

そう考えて、アデリアははっと我に返った。書物室を訪れたのは目的があったのだった。過去に思いを馳《は》せることも、馬に見惚れることも、今は後回しだ。

「エディーク」

「はい、何でしょうか」

「今日はあなたに頼みたいことがあったの。今日……いいえ明日から、毎日私の散歩に付き合ってくれる？」

「毎日、ですか？」

アデリアに目を戻したエディークは、わずかに目を見開いていた。

その少し戸惑ったような顔を見上げながら、アデリアはすまし顔を作って続けた。

「前に約束したでしょう？　私と散歩をするという口実で、体をできる限り動かすって。もちろん、体調が悪い時は無理しなくていいわ。最終目標は、私と一緒に乗馬で散歩すること。できればあなたは軍馬でね。私、昔から間近で軍馬を見てみたいと思っていたの。あなたが軍馬に乗ることができるようになれば、私もすぐそばまで行けるわよね。だから協力してあげます！」

笑いそうになる口元をぎゅっと引き結び、返事を待つ。

そんなアデリアの水色の目から目をそらし、エディークは指先で顎に触れた。丁寧にヒゲを剃った頬に触れ、金色の髪に隠れた傷痕をたどるように指を動かす。しかし、その目は軍馬たちを見ていた。

やがて手を下ろしたエディークは、まだ迷うように厩舎の天井を見上げた。

「……正直に言いまして、私にはありがたいお誘いです。しかしお嬢様には何の益もありません」

「あら、私は軍馬をそばから堂々と見たいだけよ。それにもっと壮大な下心もあるわよ。あなたが出世した時に見返りがあると思っているんですからね！」

「お嬢様はそれでいいのですか？」

「もちろんよ。出世したら、デラウェス家の宣伝をたくさんしてもらいますから」

「そんな未来があればいいのですが。しかし、宣伝でいいのなら容易《たやす》いことです」

エディークは姿勢を正した。

改めてアデリアに向き直ると、少し腰を屈めて手を差し出す。その上にアデリアが右手を乗せると、押しいただいて細い指先に口を軽くかすめさせた。

「アデリアお嬢様。このご恩は必ずお返しすることを誓いましょう」

「契約成立ね！」

アデリアは笑った。

笑いながら右手を引こうとする。

でも、思ったよりしっかり握り込まれていて動かせない。もう一度手を引こうとすると、両手で包み込まれてしまった。

「……あの、エディーク？」

「エディーク・カルバンの名において、お嬢様に我が敬愛の全てを捧げます」

まっすぐに背を伸ばしたエディークは、両手で握り込んだアデリアの手を、もう一度口元へと近付けた。

高い位置に持ち上げられ、アデリアは引っ張られたわけでもないのに思わず半歩前に足を動かしてしまう。たった半歩近付いただけなのに、ぶかぶかの司書の制服が目の前いっぱいに広がった。まるで、体ごと包み込まれているようだ。

体温まで感じる気がして、アデリアは体を強張らせた。

そんなアデリアに気付いていないように、目を伏せたままのエディークはアデリアの手の甲に唇を押し当てた。

アデリアの肌に、柔らかなものが触れる。

唇だと思い当たった時、なぜか急に頬が熱くなった。両親や兄たちからの口付けとは比べ物にならない。なんだか生々しく感じる。

すぐにエディークは離れた。

呆然と見上げていると、濃い青色の目と視線が合う。鮮やかな金髪の向こうで、エディークは笑ったようだ。とても優しい目と笑顔で、それを見た途端に心臓がどくんと大きく跳ねた。

包み込んでいた大きな手は、ゆっくりと離れていく。急に寒くなった気がして、アデリアは慌てて目をそらした。

「……今日は戻ります」

何事もなかったように手を引っ込めたアデリアは、くるりと背を向けて領主館へと歩き出した。

背後の少し引きずる足音を聞きながら、エディークに口付けされた手の甲をもう一方の手でそっと覆った。そこだけ肌が熱い気がする。鼓動もなんだかうるさい。

歩調が、だんだん早くなる。

そのたびにエディークの足音で我に返るけれど、緩めた歩調はまたすぐに早くなってしまう。それを何度も繰り返しながら、そっと振り返った。

明るく輝く金髪が見えた。途端に心臓が飛び上がるように早く脈打ち始めて、諦めて前を向く。何度目かに振り返った時、エディークと目が合った。

落ち着かない姿が面白いのか、エディークは微笑んでいた。飾り気がなく、表情を作ることもない。たぶん気を許した相手にだけ見せるような、素のままの笑顔だ。

思わず見入ってしまいそうになり、アデリアは慌てて前を向いた。エディークの笑顔を見ていたのは、実際にはほんの一瞬だっただろう。それでもしっかりと脳裏に焼きついていた。彼の笑顔は、やはり兄たちの笑顔と似ている。

兄たちから向けられる優しい笑顔は、妹の特権だ。

そんな兄たちの笑顔に似ているのなら、エディークもアデリアにはそれなりに親しみを持ってくれているのかもしれない。

愚痴をこぼしたり、自分本位に盾にしたりするおかしな領主の娘なのに、エディークはやはり優しい。彼には弟が三人いるそうだから、それと同じようなつもりなのかもしれない。

くつろいだ笑顔を向けられたと思うと、とても嬉しくなる。

もう一人、優しい兄ができたようだ。

いや、もしかしたら、エディークとしては父親のような気分かもしれない。

彼の年齢ならあり得る話だ。そのくらいエディークは大人の男性で、アデリアは彼から見ればとても若いらしい。口に出しては言わないけれど、十七歳はまだ子供だと思っているようなのは時々感じている。

……エディークにとって、アデリアは妹なのか、娘なのか。

それともまだ領主の娘のままなのか。

そんなことが急に気になった。でもそれはもう一度振り返った時には消えていて、アデリアは歩きながら首を傾げた。

◇

アデリアは窓から外を見ながらため息をついた。

昨夜は激しい雨に見舞われ、大きな雷の音に、夜中に何度か目を覚ましてしまうほどだった。寝不足になるほどではなかったけれど、窓から外を見ているとため息が出てしまう。

「お嬢様?」

「雨が降ったのは知っていたけれど、思ったより降ったのね」

「そうでございますね。……あ、そうか。ぬかるんでいるから、散歩はできないかもしれませんね」

侍女のオリガが、はっと気が付いたような顔をした。

ネリアは、早くも気の毒そうな顔をしている。

二人の想像は正しい。

アデリアがため息をついたのは、雨で地面が緩んでいるためだ。アデリアなら身軽に歩くことができるけれど、エディークの散歩には向いていない。

今日も散歩に誘おうと思っていたのに、これでは無理かもしれない。

こっそりため息をつきながら、アデリアは書物室へと向かう。外への散歩ができなくても、領主館の中を歩くだけでも運動になるかもしれない。

物見櫓《やぐら》の階段は……さすがにまだ無理だろうか。

いろいろ考えながら書物室に入ると、司書や使用人たちが大きな荷物を抱えて慌ただしく動き回っていた。もちろん、ぶかぶかの制服を着た司書は、誰よりもたくさんの荷物を運んでいる。

「お邪魔するわね」

アデリアが声をかけると、エディークは荷物を抱えたままやってきた。木箱に詰まっているのは本のようだ。

「これはお嬢様。お寄りいただき光栄です」

「本を動かしているの？」

「はい。実は、棚の近くの壁に損傷が見つかりまして。修理を行うために、近辺の本を移動しているのです」

「そうなのね。……では、今日は忙しいわね。雨が降った後で散歩は無理かもしれないと思っていたから、ちょうどいいのかしら」

「申し訳ございません」

「構わないわよ。緊急性が高そうですもの。その代わり、明日また誘うわね。……あ、でもその前に、せっかくだから本を見てもいいかしら」

「もちろんです。ごゆっくりなさってください」

エディークは頭を軽く下げるだけの礼をして、荷物を抱え直して去っていった。なんとなく見ていると、荷物を置いたエディークは、すぐに戻ってきて新たな荷物を運んでいる。

こういう時、エディークはいつも先頭に立って動いている。

それが騎士としての気質なのか、エディークの個人的な性格なのか、アデリアにはまだわからない。

ただ、こういう作業も運動にはなるはずだ。

それに、わざわざ彼に指示を聞きに来る使用人も多い。周囲から信頼されているからこその忙しさだろう。……エディークらしい。

こっそり笑ったアデリアは、侍女たちを振り返った。

「私、向こうの本棚を見ているわね」

「かしこまりました。では、私たちは絵物語を選んでおきます」

「雨上がりにぴったりな話がありますよ！」

そう言って、侍女たちは絵物語の本棚へと向かう。

相変わらず彼女たちは絵物語にとても詳しい。気分転換にちょうどいいのは確かだから、そちらは侍女たちに任せることにした。

アデリアが向かったのは、少し古い本が並んでいる棚だ。

祖父の部屋にあった歴史に関する本を読みたい気分になったのだけれど、目的の本は少し高いところにあった。そのままでは手が届かない。

いつもならエディークに頼む。でも今日は忙しそうだ。ならば、自力で行動するべきだろう。

「えっと、踏み台が確かこのあたりに……」

別の棚の前に、目的の踏み台があった。エディークが来る前はよく使っていたものだ。アデリアでも持ち上げられる重さなので、自分で運ぶ。注意深く置く場所を確認し、慣れた様子でその上に乗る。

視界がぐんと高くなり、目的の本が近くなった。

目的の本を無理なく手にした時、ふと少し離れたところにある本に目をとめた。見慣れない表紙だ。歴史の本が並んでいる棚にあるから、中身は歴史関係なのだろう。

でも、アデリアの立っている位置からでは本のタイトルが見えなかった。一度踏み台から下りて、回り込めば見えるはずだ。でもアデリアは好奇心に負けて、踏み台の上で少し伸び上がってみた。

背表紙がちらりと見える。

あと少しで、文字が読み取れそうだ。

棚に手をかけながら、さらに台の上で爪立って身を乗り出した時、ドレスがぎゅっと突っ張った。

「……っ！」

スカートの裾を踏んでしまったようだ。

ぐらりとバランスを崩す。踏みつけた範囲が広かったようで、とっさの踏ん張りも利かない。片手で抱えている本が邪魔だと気が付いても、投げ出すということを思いつかなかった。

ガタン、と踏み台が大きく動いた。

体が大きく傾く。でも、伸び上がりながら棚板に手をかけていたことが幸いしたようで、ギリギリで落ちずにすんだ。

片腕で体を支えながらほっとしていると、突然腰に手が添えられた。

体重を支えていた手の負担が減り、本を固く抱えている腕も引かれる。傾いて落ちかけていた体は、簡単に踏み台の上に戻っていた。

「お嬢様、大丈夫ですか」

振り返ると、すぐ後ろに金色の髪が見えた。

支えてくれたのはエディークだった。

「お怪我は？」

「大丈夫よ。裾を踏んでしまっただけだから」

そう答えながら、アデリアは用心深く踏み台を下りた。

その間も背後から手が添えられている。アデリアがそろりと床に足をつけると、ほっとしたような長いため息が聞こえた。

「……どうか、無茶はしないでください」

「その、本を持っていたから片手しか使えなかったの。面倒がらずに、一度台を下りるべきだったわ。ごめんなさい」

「謝る必要はありません。ただ……心臓に悪かっただけですから」

一歩下がりながら、エディークは金髪を乱暴にかき乱した。

珍しい様子にアデリアは首を傾げる。エディークは目をそらしていたが、やがて大きく息を吐いた。

「……お嬢様が落ちそうになった時、私はそこの通路にいました」

そう言って示したのは隣の書棚との間だ。何気なくその通路を見たアデリアは、エディークの表情がとても硬いことに気付いた。

「すぐ近くです。しかし、たったこれだけの距離なのに、間に合いませんでした。……お嬢様がご自分で体を支えられなかったら、怪我をしていたでしょう」

「心配させてしまったのね。私、自覚が足りなかったわ。書物室で怪我をしてしまったら、司書長さんやあなたに迷惑がかかっていたんですもの」

アデリアは自分の軽率な行動を反省する。

しかし、エディークは硬い顔のまま首を振った。

「迷惑など、お嬢様がこれ以上考える必要はありません。ただ……今の私は、お嬢様をお守りすることができないだけです」

エディークは自嘲するような笑みを浮かべた。笑っているようなのに、唇が苛立たしげに歪んでいる。

アデリアは少し慌てて身を乗り出した。

「エディークは私の護衛ではないのだから、気にしなくていいと思うわよ！」

「そういうわけにはまいりません。お嬢様のお近くにいることが多いのに、我が身を盾にすることすらままならないとは……自分の現状が情けなくなりました」

珍しく重々しいため息をついている。

アデリアは少し考え、こほんと少し大袈裟に咳払いをした。

「エディークはちゃんと私を助けてくれたわ。私一人だったら、一瞬しか保《も》たなかったはずだもの。エディークは気付いてくれて、すぐに支えてくれた。それで十分よ。だってエディークの役目は私のおしゃべりや散歩に付き合うことで、これはエディークにしかできないことだもの！」

できるだけわがままそうに胸を張り、エディークの青い目を見上げてにっこりと笑う。しかしすぐに、はっとしたように首を傾げた。

「よく考えたら、私が何かする前に『愚かなことはやめろ』と注意してくれる役目を担ってくれるべきかもしれないわね。……あ、でもこれは、今後も軽率な行動をすると言っているわけではないわよ！」

アデリアは少し慌ててしまう。

そんなアデリアを見ていたエディークは、小さくため息をついた。今度は先ほどより重苦しさはない。表情も少し明るくなっていた。

「そうですね。悔いてばかりでは何も始まらない。焦りすぎるのは禁物でした」

「そうよ。エディークがいてくれて、いつも助かっているんだから！　……あら、あなたに用があるようね。これ以上邪魔をしないように、私は部屋に戻ります」

困ったように近くをうろうろしている使用人に気付き、アデリアは照れ臭そうに笑う。エディークもつられたように微笑み、つい笑みを浮かべた自分に困惑したように自分の顔に手を当てた。

しかしそれは一瞬のことで、手を胸に当てて恭しい礼をする。アデリアも少し気取った頷きを返し、侍女たちがいる絵物語の棚へと向かった。

想像通り、侍女たちは数冊の絵物語を前に真剣に悩んでいる。

これ以上選びきれなくなったのだろう。

「せっかくだから、それは全部借りていきましょうか。ゆっくり読んでいくわ」

「かしこまりました」

侍女たちはいそいそと絵物語を抱え、アデリアが持っていた本も受け取る。

振り返ると、エディークは使用人と何か話をしているところだった。ちょうど通りかかった別の使用人も呼び止めて、何か指示を出している。

エディークは、使用人たちの差配もうまいようだ。

まるで自分のことのように誇らしくなって、こっそり微笑む。その笑顔を残したまま、自室へと戻っていった。

◇

司書の仕事を終え、自分の部屋へと戻ったエディークは、簡素な椅子にゆっくりと座った。

今日は、一日中慌ただしかった。

書物室の壁の損傷は、当初案じていたほどには深刻ではなかった。だが、貴重な書物がある上に、領主一族が愛用する場所だ。修理は速やかに進められることになっている。

そのための本の移動は終わり、補修を行う職人たちとの打ち合わせもした。補修計画案がすぐに示されたからその検討もした。気が付くと必要な予算の検討についても任されていた。

量はともかく、在職一年目の司書の仕事の内容ではない。

おそらく司書長の領分も含んでいる。

不当に仕事を押し付けられたとは考えていない。年齢の割に元気ではあるが、司書長はすでに高齢だ。エディークとしても、かつて王国軍の上級騎士隊を率いていた経験があるから、代理を担うことは負担とは思わない。

ただ、任される仕事の重さが増しているのは、今日だけのことではなかった。

「……やはり、これは何か指示が出ているのだろうな」

アデリアは母ポリアナが手出しをしてこないと安心しているが、実は領主館内におけるエディークへの対応はかなり変わってきている。

今日のように、多くの使用人の差配を任せられているとそれを感じる。領主の娘のお気に入りとか一時的な恋の相手ではなく、婚約者候補の一人でもなく、やがては小領地を治めることが確定している存在として遇されているようだ。

奥方ポリアナの意向だけでは、おそらくここまで信頼されることはない。領主バッシュにも認められているとしか思えない。

「……奥方様の暴走と思っていたが、まさか領主様まで私をご令嬢の婿にしようとお考えなのか?」

動かしすぎた日は鈍く痛む足をさすりながら、思わずつぶやく。

ため息の中に紛れたつぶやきだったが、エディークは自分の言葉に苦笑いをした。

まだ若い令嬢の婿候補が三十歳をすぎた男だなど、デラウェスの人々は本当にそれでいいと考えているのだろうか。

その苦笑いは、しかしすぐに消えた。

今日の書物室での出来事は、本の移動や補修工事の準備だけではなかった。

踏み台の上で、黒髪をふわふわと背に流したアデリアが無理な体勢で手を伸ばしているのを見て、エディークはとても危ういと思った。長いドレスの裾も、片手に抱えた重い本も、狭い踏み台の上では不安定だと思った。

果たして、アデリアの体がぐらりと揺れた。

念のためにと足を踏み出していたのに、駆け寄ることはできなかった。黒髪がふわりと広がり、華奢な体が大きく傾いて、踏み台がガタンと大きく動いた時も、支えることができなかった。届かないとわかっているのに、思わず手を伸ばした。

あの瞬間に覚えた恐れは、領主令嬢の身を案じたが故だ。

そして……動けない自分に絶望した。

細い手が棚をつかんでいるのを見て、やっと呼吸を思い出した。精一杯の速さで歩き、アデリアの体を支えた時はほっとした。まだ支えられる筋力が残っていることを感謝した。

同時に、改めて血の気が引くのを感じた。

今日は踏み台から落ちかけただけだった。アデリアはとっさに動くことができたし、それほどの高さでもなかったから、最悪でも軽い怪我で済んだだろう。

しかし、もっと深刻な危険が迫っていたら？

領主令嬢である限り、いつ何に巻き込まれるかわからない。それにアデリアは若く美しい女性だ。ただ歩いているだけでも、不埒《ふらち》なことを考える不届者はいるだろう。

上から何かが落ちて来るだけでも、命の危険となる。

そんな時にそばにいたとして、令嬢を守ることはできるのだろうか。

何かあっても盾にはなれると思っていた。しかし、そのためにはアデリアの前に立たねばならない。今の足の状態ではそれすらも難しい。

守ることはもちろん、盾になることすらできない。

その事実に愕然《がくぜん》として、アデリアに悟られてしまうほど、動揺してしまった。かつて王国軍で無類の武を誇っていた己が、ここまで無力なのかと絶望した。

だが、今はもう絶望はない。アデリアの言葉で頭が冷えている。

焦る必要はない。かつて上級騎士として名を挙げていた過去があるからこそ、諦めて嘆くだけでいることは許されない。

盾になれないなら、未然に防ぐように目を配ればいいだけだ。小柄で好奇心旺盛な令嬢が口にしたように。

それに、防御に徹するならいくらでも方法はある。

「――手は動く、か」

ゆっくりと手を握り、再び開く。

一度は衰えた体は、司書長から頼りにされる程度には動くようになった。以前に比べると握力は落ちているが、物を握ることはできる。

エディークはゆっくりと立ち上がった。

破格の待遇として部屋についている暖炉へと向かい、火かき棒を握る。鉄製のそれは、細い見かけのわりに重い。それを片手で握った。ゆっくりと上に振り上げ、またゆっくりと下ろす。逆の手でも同じ動きを繰り返し、小さくため息をついた。

現状では可動範囲にやや問題がある。しかし全く動かないわけではない。肩に痛みが生じる角度はあるが、それ以外は問題はないだろう。

エディークは火かき棒を振り上げる動きをもう一度繰り返し、手首を動かして火かき棒をくるりと回した。

「足は動かないが、物によってはそれなりに使えるな」

小さくつぶやいたエディークは、もう一度火かき棒をくるりと回す。その口元にはかすかな、しかしどこか楽しそうな笑みがあった。

第三章　デラウェスの騎士たち

書物室の前に立っていたアデリアは、ふうっと息を吐いて足を踏み出した。

しかし、扉口から一歩入ったところでぴたりと止まり、すぐにその足を戻して廊下に出てしまう。

どうやら迷っているようだ。

森では若葉が茂る季節で、廊下にも乾いたさわやかな風が吹き抜けている。まだ汗ばむほど暑くはないし、真冬のように手足が冷えることもない。だから後ろに控える侍女たちにとって、待っていても苦にはならない気候だ。

アデリアが書物室の扉口に立ったのは、ずいぶん前になる。しかし、一歩踏み込んではすぐにまた外に出る、と迷っている時間は、すっかり長くなっていた。

静かに控えていた侍女たちは、何十回目かの迷いを前に、ついにお互いに顔を見合わせた。目で無言の会話をし、ネリアが思い切って声をかけた。

「あの、お嬢様？」

「……やっぱり今日はやめます。部屋に戻るわ」

侍女の声にわずかに肩を動かしたアデリアは、突然くるりと向きを変えた。驚く侍女たちの間を抜けて、ずいぶん前に通ってきた廊下を、早足で戻って行こうとする。

慌てた侍女たちがその後を追おうとした時、書物室から背の高い男が顔を出した。

「アデリアお嬢様」

穏やかな声で名を呼ばれ、アデリアはぴたりと足を止めた。

ちらりと振り返った侍女たちは、ほっとしたように笑顔になる。それからすぐに表情を改めて廊下の端に寄った。そんな若い侍女たちに軽い目礼を送り、司書の制服を着た男はゆっくりとアデリアの元へと歩いた。

「お嬢様。書物室に御用があったのではありませんか？」

「……近くに来たから、寄ってみようかと思っただけよ。でも時間がないから、またにするわ」

「それにしては、ずいぶんと迷っていたようですが」

背を向けたままのアデリアを見ながら、エディークは首を傾げる。

アデリアはすぐには答えず、頑《かたく》なに廊下の向こうを見据えながら黙り込んでいた。こういう反応はアデリアにしては珍しい。だからエディークは辛抱強く待った。

沈黙が続く。

やがて、ふうっとため息をついて振り返った。

振り返ったものの、アデリアとしてはまだ迷っているらしい。なおも少し目をさまよわせた末に、大きく深呼吸をしてエディークの顔を見上げた。

長い前髪のせいで、傷痕のある顔は半分以上隠れている。表情も穏やかだし、やや背は丸くなっているが、元騎士らしく均整の取れた立ち姿だ。

しかしアデリアは、エディークの口元がわずかにほころんでいることに気付いた。青い目もなんだか楽しそうだ。笑いを堪えているのだと思い至り、居心地悪そうに目をそらした。

「……もしかして、私がいることに気付いていたの？」

「習慣上、人の気配には敏感ですので」

「そうよね。あなたは騎士だったんですもの。気付かないわけがなかったわね。だったら、もっと早く声をかけてくれればよかったのに」

「何か、お迷いになる理由があるのだろうと思っていました」

「そこまでお見通しなのね」

またため息をつき、アデリアは廊下の窓へと寄って外を眺めた。

周囲の草地は鮮やかな若葉の色に染まっていた。

鳥や虫たちが飛び回っているが、周囲はおおむね静かだ。無駄に長々と悩んでしまっている間にずいぶんと時間が過ぎてしまったが、街道の方面の空気はまだ落ち着いている。この様子なら、まだ間に合うだろう。

「私、エディークを散歩に誘おうと思って来たのよ」

「それは光栄です」

アデリアが散歩に誘ってくるのは、春から二ヶ月ほど続いている。

だからエディークは特に驚くことはない。初めからそのつもりで予定を立てているし、周囲もそんなものだと思っている。

でも、アデリアは落ち着きなく目を左右へと動かした。正面に立つエディークがそれを見逃すわけがなく、先ほどまでの行動を思い出してわずかに眉を動かした。

「何かありましたか？」

「えっと、何かあるというか、普段はあまり行かない場所に行きたいのよ。……今日、マイズお兄様がお帰りになるのは知っているわよね？」

「はい、伺っています」

「そのことでお願いがあるの。……兵舎まで一緒に行ってくれるかしら？」

外を見ながらためらいがちに言う。しかしアデリアは、すぐにエディークに向き直って慌てて付け足した。

「つまりね、マイズお兄様が王都からお戻りになる時は、いつも兵舎の前までお迎えに行っているのよ。でも今日は、お父様もお母様も来客の対応中でしょう？　バラムお兄様もとてもお忙しそうだったから、ご一緒してくださいとは言いにくくて。それでも、もしかしたらって迷っている間に、お兄様は別の用件でお出掛けになってしまったのよ」

誤解されないように、つい必死になってしまうアデリアを見て、エディークはわずかに口元に笑みを浮かべ、眉を穏やかに動かした。

「しかし、バラム様は間もなくお戻りになる予定では？」

「それでは間に合わないのよ！　マイズお兄様が領主館に到着する前に、いつものように兵舎までお迎えに行って差し上げたいの。そうでなければ、遠い王都から戻ってきたマイズお兄様ががっかりしてしまうわ。でも……私と侍女だけでは、少し行きにくい場所でしょう？」

「確かに兵舎は、ご婦人だけでは近付きにくいかもしれませんね。私でよければお供いたします」

「ありがとう。でも……本当は嫌よね？」

そっと見上げながら、アデリアはエディークの顔色を探る。

長い前髪の隙間から見える青い左眼は、いつも通り穏やかだ。わずかに驚いたような表情をしているのは、アデリアの言葉の意味を探っているからだろうか。

何度も迷ってから、アデリアはそっと言葉を続けた。

「エディークは、今まで兵舎に足を向けたことはないと聞いているわ」

「今の私には縁のない場所ですからね」

エディークは微笑んだ。でもその笑みは、一瞬遅れなかっただろうか。

アデリアにはそれが気になった。

今は司書をしているけれど、エディークは騎士だった。それもただの騎士ではない。手練《てだ》れ揃いの王国軍の中でも、精鋭と言われる上級騎士であり、隊長の地位にも就いていたらしい。

負傷のための引退だから、輝かしかった人生から多くのものを失っている。

現役の騎士を見るのは、本当は心穏やかではないのではないか。やはり、彼に頼んではいけなかったのではないか。

そんなことをつい考えてしまう。

アデリアの迷いは、思っていたより顔に出てしまったようだ。エディークは少し困ったように苦笑した。

「お嬢様に心配していただけるのは光栄ですが、私は騎士に固執しているわけではありませんよ」

「でも」

「今はもう、騎士に戻りたいとは思っていません。いつかはまた馬に乗って、野を駆けたいという気持ちはありますが、私の目標はそれだけです」

静かな声だった。

何でもないことだと伝えるように、穏やかに微笑んでいる。

アデリアがよく知っている司書の顔だ。物静かで落ち着いていて、知的で礼儀正しくて。

でもエディークは騎士だ。

軍馬を見た時、彼は騎士としての顔になっていた。

だから、現役の騎士たちが気軽に笑い合うあの空間では、もしかしたら渇望を覚えるのではないか。二度と手が届かないものを思い出したエディークが、穏やかな笑顔を曇らせるのだけは見たくはなかった。

うつむいたアデリアは、そっと手を握りしめた。

――大丈夫。きっと考えすぎだ。

エディークは自分のような子供ではない。あんなに静かに微笑むことができるなら、本当に心の整理ができているのだろう。

だから、今は末兄マイズを迎えに行くことを最優先にするべきで、その口実で、エディークと少し遠くまで歩くのだ。

ゆっくりと息を吐いたアデリアは手から力を抜いた。爪の跡が残る手のひらにちらりと目を落とし、それからエディークを見上げて微笑んだ。

「……エディーク、これからすぐに行けるかしら?」

「片付けのお時間を少しいただければ」

「ええ、もちろんよ。でも申し訳ないけれど、できれば急いでもらえる? 私が迷っている間に、ギリギリになってしまったのよ」

「かしこまりました。すぐに戻ってまいります」

エディークは小さく笑って丁寧な礼をする。

とてもきれいな礼だった。

しかし再び顔を上げてアデリアと目が合うと眉を動かした。作り笑いの下に残っている迷いを見抜いたように、わずかなためらいの後に、アデリアの頭にふわりと手を置いた。

手のひらが触れたのはたぶん一瞬だ。ほんの一瞬だけ、大きな手が頭に乗り、癖のある黒髪の上を軽く滑り、すぐに離れていった。

驚いて目を見開くアデリアに笑顔を向け、何事もなかったように書物室へと戻っていく。

アデリアの兄たちがよくするような手付きだった。エディークも、弟たちに同じように接してきたのだろう。

彼にとっては、年の離れた妹とか、年齢的にいてもおかしくない娘とか、あるいは馬と接する時と同じなのだ。

だから……あんなに優しい目を向けられても、動揺する必要はない。

残されたアデリアは、エディークが戻ってくるまでに落ち着こうと目を閉じて深呼吸をする。でも動悸《どうき》はしばらく落ち着かなかった。


アデリアがエディークと共に領軍の兵舎にたどり着いた時、周辺にはすでに多くの男たちが集まっていた。

領軍の制服を着た騎士たちはもちろん、一般の兵士たちもいる。皆やや興奮気味だ。

マイズの帰省の前は、いつもこんな様子だ。

王国軍の騎士となっている領主の三男を迎えるために、誰に命じられたわけでもないのに兵士たちが集まってくる。それだけマイズは兵士たちに慕われていて、領主の息子たちが三人全員揃うのを楽しみにしているのだ。

アデリアは、男たちが集まるこの空気が好きだった。

騎士や兵士たちはだいたいが背が高くて、体つきもがっしりとしている。小柄なアデリアがそばに行くと埋もれてしまいそうだ。体の大きな男たちに囲まれると、少し怖いと思うこともある。

でもそれ以上に、兄たちが慕われていると感じ取れるこの場所は好きだった。

だから、マイズのために兵舎まで出迎える。

マイズの帰省を心待ちにする武人たちと一緒に迎えて、マイズの笑顔を見たい。それが、アデリアのささやかで最高のわがままだった。

アデリアが兵舎の前まで来ると、集まっていた兵士たちは慌てて整列をした。領軍の騎士たちも小走りに前に進み出る。

兵士たちは領主の令嬢に親しみを込めて敬礼をし、それから一緒にいる背の高い司書を見て戸惑った顔をした。アデリアが一人で来ることはないと考えていても、領主かバラムが一緒にいると思っていたのだろう。

そういえば、兵士たちは書物室にはあまり縁がないはず。

司書であるエディークのことも知らないかもしれない。きちんと紹介しておくべきだろうか。

アデリアはそう悩んだけれど、兵士たちは司書の制服に興味深そうな顔をしたものの、不審を口にすることはなかった。特に騎士たちは落ち着いていて、お互いに目配せして納得したように頷き合っている。

そんな中、やや年配で地位が最も高いであろう騎士が進み出て、アデリアに恭しい礼と笑顔を向けた。

「アデリアお嬢様。むさ苦しいところに、ようこそおいでくださいました」

「お邪魔しているわ。マイズお兄様のお姿はもう見えたかしら？」

「先ほど森の端あたりでしたから、間もなく丘にたどり着くでしょう」

「よかった、何とか間に合ったみたい。いつものように丘でお迎えできそうね。――エディーク、これから丘の上まで登って行くけれど、大丈夫かしら？」

「丘の上というと、あの丘ですか？」

「そうよ。子供の頃から、お兄様方をお迎えするのはあの場所なの」

「……なるほど。アデリアお嬢様はなかなかお転婆なお方だったのですね」

エディークはかなり急な勾配のある丘を見上げて、苦笑した。

その額には、うっすらと汗が浮かんでいる。最近の歩調は以前より早くなっているけれど、今日は少し距離が長すぎたのかもしれない。その上、今日は迷った時間が長かったせいで急いだから、早く歩きすぎてしまった。

いろいろ考えてアデリアは心配になってくる。しかし、エディークは何事もないかのように微笑んだ。

「お嬢様からは少し遅れてしまうかもしれませんが、お供いたします」

「そ、そう？　でも私も少し疲れたみたい。水が飲みたいわね。椅子をお願いできる？」

「すぐにご用意しましょう。……おい、椅子を一つ、いや皆さんの分を持ってきてくれ！」

騎士が振り返って指示を出すと、兵士たちは手近な部屋の中から投げ渡すように椅子を用意する。

その一つに座り、アデリアは侍女たちを振り返る。

バスケットを持っていた侍女は、心得たように水筒を取り出して、銀杯に水を注《つ》いでアデリアとエディークに手渡した。アデリアは軽く銀杯に口をつけ、もともと少ししか水が入っていなかった容器を返す。

少し離れて座るエディークは、渡された水を一息に飲み干したようだ。さらにもう一杯注ぎ足されていた。

その様子をなんとなく見ていると、アデリアの前で姿勢を正していた年配の騎士がエディークをちらちら見ながら口を開いた。

「お嬢様。あちらの司書殿が、エディーク・カルバン殿でしょうか?」

「あら、彼の名前を知っているの?」

「ご本人とは初めて会いましたが、昔の噂はかねがね。もちろん、最近の立場も通達されております」

「通達?」

小声で話す騎士を見上げると、手入れの行き届いた口ヒゲを軽く触ってから騎士はニヤリと笑った。

「恐れながら、領主様方の許可なくお嬢様の近くにいる男など、我ら領軍は見逃しませんよ」

「……そうですか」

アデリアは落ち着きなくエディークから目をそらした。

エディークを婚約者候補という形にしたのは、アデリア自身だ。

なのに、なんだか頬が熱い。

ふわふわと広がる黒髪を撫で付けるついでのふりをして、頬を両手で挟んで隠した。

王国軍の騎士は、半数以上が貴族領主階級の出身者で構成されている。

その多くは傍流と言われているが、マイズ・デラウェスのように領主の子弟という直系の騎士も少なからず在籍する。

領主の子らが危険を伴う王国軍の騎士となることは、大領主たちの国王への忠誠の証だ。

それと同時に、国王直属の軍の内部に入ることで国王を近くから監視する意味もある。他の貴族への牽制《けんせい》も含む。

だから大領主たちは、一族の若者を騎士として王国軍に送り込む。生家の力の差は出世に多少の影響を及ぼすが、おおむね騎士としての実力が全てだ。

そんな王国軍の騎士たちは、年に数度の帰省が許されている。

貴族出身の騎士は生家に戻り、国王の意向を領主たちに伝える。もちろん、軍の内部の様子を伝えることも重要な任務だ。

マイズも休暇を利用して、約半年ぶりのデラウェス領の空気を堪能する。王都とは異なる色合いの空を見上げ、馬の上で大きく伸びをした。

「やはりデラウェスの空気はいいな。生き返るよ！」

「おい、マイズ。気を抜きすぎだ。周りを見ろ。領民たちが見ているのだから、少しは領主一族らしい威厳を見せたらどうだ？」

「威厳はバラム兄上とメイリック兄上が見せればいい。長男次男ならともかく、三男坊は民に親しまれてこその存在だろう？」

馬を並べている次兄を振り返り、マイズはにっと笑った。

しかし次兄メイリックはそれには答えず、冷ややかに背後に目を向けた。

「お前のことはまあいい。それより——あれらは客人として扱うべきなのか？」

「……難しいところだな」

上機嫌そのものだったマイズが、初めて顔をしかめた。

馬上でいかにも嫌そうに振り返る。その視線の先の一行は、あからさまな感情を向けられても平気な顔をしていた。それどころか、その先頭で馬を進める男は笑顔で手を振ってくる。

ますます顔をしかめ、マイズはため息とともに前に向き直った。

「メイリック兄上にご相談したい。この後、あの連中を闇討ちにする、というのはどうだろう？」

「馬鹿か。そういうことは、我ら領軍が出迎える前にやっておくべきことだぞ。我らが同行しているのに、デラウェス領内で物騒なことを許してたまるかっ！」

「……そうなんだよなぁ。その辺りは向こうが上手だった」

次兄の吐き捨てるような言葉に、マイズはため息をついた。

後ろにいる一行の顔はよく知っている。

先頭にいるのは、王国軍上級騎士でマイズの上官であるビルムズ部隊長。貴族領主ビルムズ家の四男に生まれた気のいい男だ。

ただし、王都にいる間からアデリアのことを聞きつけて興味を隠さず、今回はとうとうデラウェスにまでやってきた。歓迎されていないとわかっていながら、笑顔で手を振ってくる図太さもある。上官でなければ、問答無用で切り捨てているところだ。

その後ろに続いているのが、同じ部隊の同僚たち。年頃が近いからそれなりに親しくしている。だからと言ってアデリアの婿候補に推すほどでもない。

格下の騎士領主出身だからではない。単純に腕と覇気が足りないのだ。ビルムズ部隊長のように大っぴらにアデリアへの求婚を匂わすほどの覚悟はなく、しかし、あわよくばと企《たくら》んで上官に同行しているらしいのだ。

おそらく部隊長も、自分の盾にするために部下たちを連れてきたのだろう。姑息《こそく》だ。だが悪い手ではない。

それがわかっているから、余計に腹が立つ。

こんな連中に後をつけられ、デラウェス領の内部まで招き入れることになってしまった。次兄に言われるまでもなく不注意がすぎたようだ。

マイズが自嘲気味にため息をつくと、メイリックが鼻の先で笑った。

「おまえのことだ。帰郷できると浮かれていたのだろう。バラム兄上に一言言われる覚悟をしておけ」

「……一言だったらいいんだが……」

「私としては、一言もないほうが怖いと思うぞ」

メイリックは赤みの強い髪を乱暴にかきあげた。

デラウェス領主の次男メイリックは、外見だけを見れば王都でも滅多に見ないほど美麗な貴公子だ。ただし表情と仕草が全てを裏切っていて、マイズ以上の血の気の多さをにじませている。

メイリックが王国軍の騎士にならなかったのは、領主の次男という生まれのためだ。しかし次男でも王国軍に所属することはある。メイリックの場合は「次男」という以上の理由が存在する。

それが母譲りの美しい顔だ。

あまりにも整いすぎていて、不要な争いを避けたい王宮側が「できる限り王都に近付けるな」と釘《くぎ》を刺しているらしい。

しかしそもそもの話として、メイリックは気性が荒すぎて王国軍には向かないだろう、というのがデラウェスでの評判だった。

そして、そんな次兄と同じくらいに血の気の多いのが、実は長兄バラムである。

マイズが五歳年上の長兄の本当の性格を知ったのは、最近になってからだ。

誰よりも騎士に相応しいと言われつつ、冷静沈着な次期領主として振る舞っている長兄が、まさかあれほど血の気が多いとは思わなかった。

喧嘩《けんか》を売ったり買ったりするのは、暴発しやすい次兄メイリックと、次兄を抑えるために敢えて先に手を出すようにしてきたマイズの役割だ。

しかし……二年ほど前の、アデリアの三度目の婚約が破棄された日。

アデリアには一点の瑕疵《かし》もなく、完全に相手側の度をすぎた醜聞が原因で婚約が破棄されることになり、デラウェスの領主館にて正式な契約破棄の手続きが行われた。

その日のバラムは冷静だった。

お互いの目の前で婚約の覚書をそれぞれ破り捨てる前も後も、元婚約相手側の代表たちは言葉の端々にデラウェス家への嘲笑や侮辱をにじませていた。バラムはそれを冷笑で受け流し、痛烈な皮肉を返していた。

歯を食いしばって怒りを抑えていたマイズは、さすが長兄だと尊敬の念を強くしたものだ。

その刃をすり合わせるような張り詰めた空気は、ある一言で急変した。

「軽々しい醜聞は褒められたものではないが、男の心もつかめない小娘が相手ではな。同情もしたくなるぞ！」

そう笑った男は、次の瞬間には鈍い音と共に壁まで飛んでいた。

バラムが殴ったようだ。

マイズがそう理解したのは、壁で背を打った男が咳き込んでいる時だった。

その男は大領主同士の紛争を避けるために選ばれた立会人で、アデリアの婚約者の従兄弟《いとこ》であると当時に、バラムの婚約者の兄でもあった。

義理の兄弟になるはずだったのに、心の中ではデラウェス家を下に見ていたらしい。

こうして、アデリアの三度目の婚約が破棄された日は、バラムの婚約が消滅した日にもなった。

あの時の光景や、凍りついたような場の空気は……その後に生じた紛争すれすれの事態を別にしても、マイズは一生忘れることができないだろう。

だがバラムが手を出したことで、結果的にそれ以上の流血沙汰には至らずにすんだ。

怒りに耐えかね、剣の柄《つか》を握って足を踏み出しかけていたメイリックとマイズは、なおも男の胸倉をつかんで持ち上げた兄に気付くと、慌てて止める側に回った。

さすがにこれ以上はまずい。そう判断できるほどには冷静になっていた。

全てはデラウェス側の怒りをそらせるための、バラムの演技だったのかもしれない。

それでも、最も血の気の多い方法だったのは間違いないし、冷徹な次期領主が妹のことを大切に思っているのも間違いない。

そんな長兄が、不純な動機の客人をどう扱うか。

考え始めると頭が痛いどころではない。いかにも武人らしい見かけより繊細な気遣いをするマイズは、ため息をつきながら前を見た。

しかし、すぐにうんざりした表情が消えた。

丘を登りきった道の真ん中に、小柄な姿が見える。

癖のある黒髪が波打ちながら肩から流れていた。上質な布地で仕立てた美しいドレスを着て、いかにも貴婦人然とした美しい立ち姿だったのに、マイズが気付いたと悟ったのか、両手を高々と伸ばして手を振っている。

若葉に覆われた草地の中で、降り注ぐ太陽の光そのもののように明るい笑顔だ。頬は若い娘らしく上気していて、水色の目は空よりも輝いているだろう。

アデリア・デラウェス。

領主の娘であり、マイズのかわいい妹だ。

「……あの子を大事にしなかったあの男は馬鹿だし、バラム兄上を怒らせるほどあの子を侮辱した奴《やつ》も馬鹿だ」

「いきなり何を言い出したんだ？」

「つまり、我らの妹は結構かわいい、ということですよ」

「当たり前だな。だからこそ、取るに足らない男どもを連れてくるなと言っているんだ！」

「すぐに叩《たた》き出してやるから見ていてくれ。それよりメイリック警備隊長殿、先に行くことをお許しいただきたい」

一瞬だけ真顔で敬礼したマイズは、すぐにへらりと顔を崩した。次兄に手を振りながら馬の腹を軽く蹴る。

心得ている馬は、丘を登る坂道を一気に駆け抜けた。

丘を駆け上がってくる騎士を、アデリアは笑顔で待っていた。

軍馬は坂道をいとも簡単に登り切る。その脚がわずかに緩み、長身の騎士がひらりと降り立った。

「お帰りなさい、マイズお兄様！」

「ただいま、アデリア！」

飛び降りた勢いのまま駆け寄ったマイズは、小柄な妹をひょいと抱き上げた。

アデリアは意表を突かれたのだろう。目を大きく見開くが、すぐに笑顔で兄の肩を叩いた。

「もう、マイズお兄様、子供扱いしないでって、前も言ったのに！」

「お前は小さいから、立ったままでは顔が見えないじゃないか。うん、顔色はいいな。元気だったか？」

「もちろん元気よ。マイズお兄様はお怪我などはしませんでしたか？」

「少しはしたが、この通り元気だ。それより……」

マイズは妹を抱き上げたまま口を閉じ、アデリアがいた場所の後ろを見た。

アデリアもつられて振り返る。侍女たちはもう少し離れたところに控えているから、マイズが見たのはぶかぶかの司書の制服を着たエディークだ。

マイズの視線を受けて、エディークは丁寧なお辞儀をしていた。

「アデリア。念のために聞くが、今日はあの司書と一緒に来たんだな？」

「そうよ。兵舎は私たちだけでは行きづらいから、お願いして一緒に来てもらったの」

「なるほど」

それだけ言って、マイズはアデリアを地面に下ろした。

アデリアが何気なく兄を見上げると、マイズの目はとても鋭く冷たくなっていた。そうしていると、マイズは驚くほどバラムと似ている。

思わず怯むアデリアの背後で、新たに馬から降りる音が聞こえた。領軍の制服を着たメイリックは、馬の首を軽く叩いてから弟に苦笑を送った。

「マイズ。その男は……」

「わかっているよ。メイリック兄上」

そう言うと、ゆっくりとエディークに近付いていく。

顔を上げたエディークを睨むように見つめ、ざっと全身に目を向けた。

その遠慮のない視線を、エディークは表情を変えずに受け止めていた。しかしマイズが左手を剣の柄に置いた時だけは、その静かな眼差しを動した。マイズの剣と、王国軍の制服と、無造作なようで隙のない立ち方を見たようだ。

マイズを見返す顔に、一瞬だけ薄い笑みが浮かんだ。

群青色の目に浮かんだ光はどこか物騒で、アデリアは初めて見る表情に思わず見入ってしまった。だが、その光はすぐに消える。目を伏せて改めて頭を下げるエディークは、見慣れた穏やかな司書だった。

わずかに眉を動かしたマイズは、ばさりとマントを背中に払った。

「こうしてお会いするのは初めてだな。私はマイズ・デラウェス。アデリアの兄だ。貴公の名を頂きたい」

「領主館で司書を務めるエディークと申します」

「貴公のお噂は聞いている。長兄から手紙で釘も刺された。だが」

マイズは言葉を切った。

一瞬の静寂は、刃と鞘《さや》が擦れる澄んだ音で破られる。アデリアが気付いた時には、エディークの喉元に剣先が突きつけられていた。

「えっ、お兄様⁉」

「アデリア。悪く思うな。母上が乗り気であろうと、父上やバラム兄上が黙認していようと、デラウェスにはデラウェスの流儀があり、秩序がある。王国軍での経歴は存じ上げているが、己の目で見て納得できるものがなければ、俺は認めることはできない」

「マイズお兄様、失礼なことはやめてください！　エディークはカルバン家のお方よ！」

「他家の人間であろうと、ここはデラウェスだ。我らの正義が法となる」

マイズは冷ややかに言い放った。

青ざめたアデリアが助けを求めて振り返っても、メイリックは面白そうな顔をしていて、諦めろと言うように肩をすくめて見せた。

もう一度マイズを見上げても、いつもは優しい末兄がちらりとも見てくれない。

今すぐにでも喉を突き裂こうとしているように、殺意を込めてエディークを睨んでいる。

その視線を、しかしエディークは平然と受けていた。不揃いの金髪の下の群青色の目は、楽しそうにすら見える。

唐突に、マイズは剣を引いた。

軽く剣を振ってから鞘に収め、何事もなかったようにアデリアに目を向けて、青ざめた顔で身を硬くしている妹に笑いかけた。つい先ほどまでの殺気が幻だったような、明るく屈託のない笑顔だ。

しかしアデリアの表情が少しも和らがないのに気付くと、困ったように風で乱れた髪をかきあげ

た。

「アデリア。今日はこれで終わりにするから、泣かないでくれ」

「泣いたりしていません！　怒っているだけです！」

「うん、ごめん。でも兄として、これだけは言っておきたかったんだ。だから機嫌を直してくれよ。アデリアを泣かせたらバラム兄上に怒られるだろう？」

「マイズお兄様なんて、怒られてしまえばいいのよ。エディークにあまりにも失礼だわ！」

「ああ、うん、そうだな。王国軍の騎士として白状すると、カルバン殿のことは個人的に尊敬しているんだ。つまり……若輩者の無礼をどうかお許しいただきたい」

マイズはエディークに向き直り、数歩退いて武人らしい礼をした。

その姿に、アデリアは混乱するばかりだ。

いきなり睨みつけて剣を突きつけたかと思ったら、今度は尊敬していると言い出して、率直に非礼を詫《わ》びている。年齢が近くて一番馴染みのある兄だと思っていたのに、今日のマイズのことは全く理解できない。

困惑のあまり、アデリアは兄への怒りを忘れてしまった。

そんなアデリアに微笑み、エディークは改めて領主の三男に向き直った。

「マイズ様のお言葉は当然のことかと。今の私はただの司書でしかありません」

「いやいや、ご謙遜を。帰省前、いろいろな方々からカルバン殿の様子を教えてほしいと声をかけられたぞ。おかげで思い掛けず顔を売れたし、繋がりができた。……おっと。そろそろ行かねば父上やバラム兄上を待たせてしまうな。アデリア、先に戻るぞ。土産があるから楽しみにしてくれ。カルバン殿も、また今度ゆっくり時間をいただきたい！」

マイズはそう言うと、愛馬のところへ行ってひらりとまたがる。

アデリアが道を開けるのを待って、軽く馬の腹を蹴って領主館へと走らせた。それに続くようにメイリックも馬にまたがるが、アデリアの前で馬を止めた。

何事かと見上げるアデリアへと身を乗り出し、小声で囁《ささや》いた。

「アデリア。マイズのことはあまり怒るなよ。おまえは領主の娘で、夫となる男には騎士領主の地位が約束されている。近くにいる男への牽制はそうそう手加減できないのだ。だからマイズは、敢えて憎まれ役を買って出たのだぞ。特に余計な客人がいる今回はな」

「……余計なお客様？」

首を傾げたアデリアに、メイリックは姿勢を戻しながら顎で示す。

少し離れた場所に、領軍の制服ではない騎士たちがいた。

距離があったし、マイズに気を取られていてアデリアは全く気付いていなかった。しかも彼らはマイズと同じ制服を着ている。

「まあ、あの方たちは王国軍の騎士なの？」

「マイズの上官と、あとは同僚らしい。と言っても、ただの招かれざる客だな。あれらに近付くなよ。向こうから近寄ってくるようなら、直ちに近くの領軍兵に助けを求めろ。遠慮はいらない。即刻デラウェスから叩き出してやる」

それだけを言うと、メイリックも馬を走らせていった。

招かれざる客と言われたことに気付いているだろうに、王国軍の騎士たちは少し距離を置きつつもメイリックたちを追っていく。

二十代半ばほどの男と、それより少し若くマイズと同年代の男三人。耳飾りがあるから年長の騎士は貴族出身のようだ。四人とも王国軍の騎士の名に相応しく、堂々とした姿だ。

ただしアデリアの前を通り抜ける時には、どこかしまりのない笑顔で手を振っている。呆然と見送ったアデリアは、真っ赤になりながらエディークを振り返った。

「……私、お客様の前で見苦しい姿を見せてしまったかしら」

「大丈夫ですよ。彼らの緩み切った顔を見たでしょう。あとは、殺気立ったマイズ様しか覚えていないはずです」

「そうだったらいいけれど。……ああ、そうだった、マイズお兄様のこともあったわ！　本当にごめんなさい。私のせいで不快な思いをさせてしまいました」

「お嬢様は領主のご令嬢なのですから、不釣合いな不届き者にはあのくらいは当然かと。それに、妬まれたり恨まれたりするのは役得のうちです」

「……本当にごめんなさい」

しょんぼりとうつむくアデリアに、エディークは困ったような顔をした。

「お嬢様がお気になさることではありません。それに剣を突きつけられるくらいは、王国軍で騎士をしていれば珍しいことではありません。騎士時代を思い出して懐かしかったくらいです」

エディークは苦笑する。

でもその笑みは、いつもとはどこか違う。マイズに剣を突きつけられた時に浮かべた表情に似ている気がして、アデリアは一瞬戸惑ってしまった。

「……懐かしいって、本当に？」

「騎士は血の気の多い男ばかりですからね。私も若い頃は馬鹿騒ぎをしていたものです。それより、メイリック様はまだ兵舎の辺りにいるようですが、帰りはメイリック様をお待ちになりますか？」

「待っていても、一緒に戻ることは難しいと思うわ。マイズお兄様だけでなくお客様方もいらっしゃるのなら、メイリックお兄様は兵舎の準備などで忙しいでしょうから。……でも、そうね、せっかく気持ちのいい丘に来ているのだから、私は少し休憩しようかしら」

「それでしたら、あちらにちょうどいい木陰があります」

エディークは道から少し離れた木を指差す。

アデリアが頷くと、バスケットを持った侍女が一足先に向かい、敷き布を広げて休憩の準備を手際よく進めていく。

その間、アデリアはできるだけゆっくりと歩いた。すぐ後ろから聞こえるわずかに足を引きずる音を聞きながら、先ほどのマイズを思い出してため息をついた。

◇

マイズの帰還の翌日、領主館は朝からどことなく騒がしかった。

領主の三男が帰ってきたことはもちろん、一緒にやってきた彼の上司と同僚という四人の騎士たちのせいだろう。

完全な休暇中とはいえ、彼らは王国軍の制服を着て、王国軍の紋章の入ったマントを身につけている。マイズも含めれば合計で五人もの王国軍の上級騎士が滞在していることになる。

そのためか、兵舎から少し離れている領主館まで、どこか興奮した空気があるようだ。

そんな空気を感じながら、アデリアは少し早めの時間に書物室を訪れた。

書物室は静かな空気の中にあるようだ。それを心地好く思いながらエディークを探す。でも、どうやら書物室も普段通りではなかったらしい。いつもならアデリアが入室したらすぐに迎えに来てくれるのに、姿が見えない。

どこかで作業をしているのかもしれない。

そう考えたから、アデリアはずらりと並ぶ本を眺めながらゆっくりと歩いて回った。

エディークは思ったよりすぐに見つかった。窓辺に立っている。

そちらへ足を踏み出すと、エディークはすぐに振り返った。よく晴れた朝の光に照らされて、明るい金髪が輝いていた。

「エディーク、おはよう」

「おはようございます。お嬢様。今朝はずいぶんお早いのですね」

「昨日から領主館中が落ち着かないでしょう？　ここの静かな空気が恋しくなったのよ」

アデリアはため息交じりにそう言ってから、はっとして侍女たちを振り返った。書物室の入り口近くにある椅子に座った侍女たちは、アデリアと目が合うと慌てて顔の表情を引き締める。でも口元にはまだ笑いが残っていて、アデリアは自分の言葉がなんだか危うかった気がして頬を赤くした。

恐る恐るエディークに目を戻す。金髪の司書の表情に変化はない。

アデリアはほっとする。同時に、なんだか物足りない気がした。

でもなぜ物足りなく思ったのかを考える前に、エディークが窓の外に目を向けていることに気が付いた。

アデリアがいるのに余所見《よそみ》をするなんて、エディークにしてはとても珍しい。

改めてよく見ると、エディークは窓辺に立ったままだ。外に目を向けているというより、何かを聞いているようだ。

「エディーク？　私、お邪魔をしてしまったのかしら？」

「……ああ、失礼しました。せっかく来ていただいたのに、外の様子に気を取られてしまうとは、私も浮かれているようです」

「あなたが浮かれているの？」

「はい。音が聞こえていますので」

「音？」

アデリアは首を傾げた。

エディークは微笑みを浮かべ、窓から少し後ろへ下がって立ち位置を移動する。布製の手袋をはめた手に差し招かれ、アデリアは窓辺に立ってみた。

外は草地が見えるだけだ。

特に何もない。

アデリアがエディークを見上げようとした時、かすかな音と、どっと沸き立つ歓声が聞こえた。

「あれはどこの音かしら?」

「兵舎ではないでしょうか。かなり早い時間から聞こえていましたから、領軍の鍛錬が行われているようです」

「でも、いつもはこんなに聞こえないわ」

「今日はマイズ様がお戻りです。王国軍騎士もいるので、いつも以上に張り切っているのでしょう。見物者も多いようですよ」

耳を澄ますと、硬いものをぶつけ合うような音がまた聞こえ始めた。

思わず窓の外へ大きく身を乗り出すと、どこかへ足早に向かう警備兵たちを見つけた。職務中ではないようだが、なんだか張り切っている。

「あの人たちも、兵舎へ見に行くのかしら?」

「おそらくそうでしょう」

エディークの声は、すぐ近くで聞こえた。

頭の上で聞こえた気がして、アデリアは慌てて振り返る。エディークはアデリアのすぐ後ろにいた。目が合うと、エディークは手を差し出した。アデリアが窓から落ちないように、気を配っていたようだ。

そっと手を重ねると、エディークは軽く引く。それだけで小柄なアデリアは室内へと安全に戻っていた。

「ここは一階ですが、窓から落ちると怪我をしますよ」

「そ、そうね。ありがとう」

アデリアは手を離して少し乱れた髪をそっと撫で付ける。

でも視線を上げると、エディークはまた外を見ていた。どうしたのだろうと首を傾げ、アデリアは「あ」と小さくつぶやいた。

「もしかして、エディークも見に行きたいの？」

「……恐れながら、マイズ殿の腕は拝見したいですね。他の現役の王国軍騎士にも興味があります」

「それは、その……あの……」

「ああ、単純な好奇心ですよ。私の見立て通りの腕かどうかが気になる、というほうが正確かもしれません」

エディークは苦笑を浮かべた。

でもその顔は、照れているようにも見えた。まるで悪戯《いたずら》を見抜かれた子供のようだ。

昨日から初めて見る顔ばかりだ。

でも、こういうエディークは嫌いではない。むしろ見ているとわくわくする。

アデリアはこっそりと笑い、それから少しすました顔を作った。

「エディーク。今日は普段行かない場所まで散歩に行ってみましょう。例えば、兵舎の辺りとか。私、鍛錬場って行ったことがないのよ」

「それは、バラム様に禁じられているからですか？」

「来るなと言ったのはマイズお兄様よ。今思えば、妹に見られるのが恥ずかしかったり、照れくさかったりするお年頃だったのかもしれないわね。つまり、お父様にもバラムお兄様にも禁じられていないから、叱られることはないと思うの」

「しかし」

「エディーク。私の散歩に付き合うと言ってくれたわよね？」

少し高圧的な言い方をして、それからにっこりと笑う。

エディークは何か言おうと口を開きかけたが、ふうっとため息をついて長めの金髪を乱暴にかき乱した。

「……アデリアお嬢様には勝てません。お願いですから、私を甘やかさないでください」

「あら、私がわがままを通しているだけよ。領主の娘ですもの。さあ、行きましょう！」

「お嬢様の御心《おこころ》のままに」

もう一度ため息をついたエディークは、丁寧な礼をする。

再び上げた顔は、楽しそうに笑っていた。

デラウェス領主の次男メイリックにとって、街道警備に出ていない日の鍛錬は義務でも苦行でもない。

馬に乗ることも、重い防具を身につけて走り込むことも、木製の模擬剣で打ち合うことも、己を鍛えるためというより純粋に楽しみのためにやっている。

ある意味、貴族だからこそ許される楽しみだ。

こういう気質はメイリックに限ったことではない。戦士階級の名残だから、貴族領主出身者は多かれ少なかれ似た気質を持っている。

生活のためとか、地位を守るためとか、そういう切実な決意が背後にある騎士領主出身者との大きな違いの一つだ。

そんなメイリックだから、マイズの帰省は最高の楽しみだ。

王国軍の騎士となってから、どれだけ腕を上げたか。

好戦的という点では似ている弟マイズとの手合わせは、何度やっても楽しい。

他の王国軍の騎士とも、一度じっくりと手合わせをしてみたいと思っていた。だから招かれざる客とはいえ、木剣を交えている瞬間はマイズの不注意を褒めたい気分になる。

しかしそんな上機嫌も、領主館の方から小柄な令嬢がやってくるのを見た途端に霧散してしまった。妹と目が合うと自然と笑顔になるものの、招かれざる客たちまで色めき立つのを見るのは、極めて不愉快だ。

「あー、メイリック兄上。あいつらを叩きのめしてこようか？」

「アデリアの前で派手に潰してやれ。いや、私もやろう。ただの手練れ程度では器不足と思い知らせてやる」

「はいはい。一応俺の同僚だから、やりすぎないように頼みますよ。だが、まずは責任を感じている俺からやろうかな」

メイリックの吐き捨てるような言葉に、木剣を肩に担いだマイズが大袈裟なため息をついてみせた。渋々といった風情だが、同じ王国軍の騎士たちを見る目はひどく楽しそうだ。

さっそく、同僚である王国軍騎士を剣の手合わせに誘いに行った。

メイリックが見たところでは、今回の客人の中に剣の腕でマイズを上回る男はいない。だからマイズが叩きのめすと宣言したのなら、散々な目に遭うことになるだろう。

彼らに同情するつもりはない。

休暇によるマイズの帰省にこっそり同行して、あわよくば魅力的な持参金を持つ領主令嬢の婿の座を得ようと企んでいるのだ。身の程知らずな野望の代償は払うのは当然だ。

マイズがいつも以上に激しく打ち込み始めた。そんな激しい模擬戦がよく見える場所に椅子が用意され、派手に動くマイズを見ながら、アデリアは若い侍女たちと楽しそうに話している。

もうすぐ十八歳になる妹アデリアは、長身揃いの兄たちとは対照的に小柄だ。パッと見た感じでは、メイリックの昔の記憶とほとんど変わらない。

しかし、背筋を伸ばして座る姿は、凛《りん》としたものを漂わせている。人にかしずかれることに慣れた立派な淑女だ。その一方で、相手を蹴り倒して笑顔で勝ち名乗りを上げるマイズに呆れたように笑い返す姿は、とても明るくて屈託がない。

もともと、アデリアはよく笑う少女だった。

昨秋、婚約者が戦死した直後はしばらく笑顔がわずかに硬かった。その前の三人目の婚約者が派手な醜聞を起こした時は、呆れと困惑の混じった大人びた顔をしていた。

今、アデリアは明るい顔で笑う。

ただ明るいだけでなく、以前とは比べものにならないくらい優しい表情になった。

特に、同行している背の高い司書を振り返る時は。

メイリックは簡素な椅子に座りながら、小さく舌打ちをした。

「……なんだか腹が立つな。アデリアはあの男に笑顔を見せすぎているぞ」

「全くだな」

独り言のつもりだったのに、背後から応じる声がした。

慌ててメイリックが立ち上がりながら振り返ると、冷ややかな水色の目をした長兄バラムがいた。

姿勢を正す弟には目を向けないまま、そばの男に何かにつけて話しかけているアデリアを見ていた。

「バラム兄上、いつから来ていたんだ？」

「今来たばかりだ。……マイズはいったい何をやっている？」

「アデリアに色目を使った不届き者に、軽い忠告をしている、というところかな」

「忠告か」

マイズはもはや一方的に模擬剣を振り回している。それをちらりと見やり、バラムは薄く笑った。

それから、汗だくで座り込んでいる王国軍の騎士たちにも目を向ける。

たった今打ち負けて息を切らせている赤毛の男は、がっくりと座り込んでいた。それでも他の騎士たちよりは余裕があるようだ。肩から羽織っただけの上着には、部隊長の階級章がついていた。

「あの部隊長殿は、ビルムズ家の四男だったか。自分から売り込みに来ただけあって、腕はいいようだ。人当たりもいい。ビルムズ家は二番目が優秀と聞いていたが、四番目も悪くないな」

「そうだな、あの男が悪くないのは認める。だが兄上、あれはアデリアより九歳も年上の、根っからの武人だぞ」

「意外なようだが、アデリアには武人のほうが相性がいいらしい。それに、アデリアが連れ歩くあの司書殿はもっと年上だ」

「そう、それだよ。バラム兄上。マイズが戻ってきたから、敢えて今聞かせてくれ」

メイリックは表情を改めた。

「……あの司書のこと、本当に認めるのか？　アデリアが楽しそうにしているから黙認してきたが、本格的な結婚相手となると話は別だぞ！」

「そうだな」

バラムは短く答え、そのまま口を閉ざした。だが冷ややかな目が何かを探るように動いているから、メイリックは兄の言葉の続きを待つ。

派手な音が響いた。

マイズが最後の王国軍騎士を打ち倒し、木剣が鍛錬場の端まで飛んでいた。

王国軍騎士を四人も続けて相手にしていたから、マイズもさすがに息を切らしている。それに剣の手合わせというより、手も足も飛び交う実戦様式になっていた。それなりに打ち身もあるようだ。

それでも、マイズには周囲の歓声に笑顔で応じる余裕がある。そんな弟を見て、メイリックは舌打ちをした。

「マイズめ。私の分を残さなかったな」

「頭に血が上ったそなたから、同僚を守ろうというかわいい配慮だろう。マイズにはそういうところがある」

「気を遣いすぎだ。私とて、手加減も配慮もできる」

「そうか、メイリックも大人になったな。ならば、少し付き合ってもらおうか」

ポンとメイリックの肩を叩き、バラムは上着を脱いで控えていた従者に投げ渡した。

「兄上？」

「久しぶりに手合わせをしよう。……試したいことがある」

そう言うと、バラムはテーブル代わりの木箱の上にあった模擬剣を手に、鍛錬場へと向かった。

メイリックは、急いで自分の木剣を拾い上げて後を追う。その間に、バラムは汗を拭いているマイズを招き寄せていた。

「マイズ、そなたはアデリアのそばにいろ。アデリアには絶対に怪我をさせるな」

「え？　それはもちろん、そばにいる間は必ず守ってやりますが……何かあるんですか？」

「少し試す。もう行け」

手早くささやいて、バラムは弟の背をぐいと押す。

首を傾げながらアデリアのところへ行くのを見送り、バラムはメイリックを振り返って薄く笑った。

バラムにしては珍しい表情をしている。

その顔を見て……メイリックは幼い頃を思い出してしまった。

兄のあの表情は、恐ろしく込み入った悪戯を仕掛けようとした時に見たことがある。今では冷静沈着な次期領主としての顔しか見せないが、年が近いメイリックは、昔の兄がもっと血の気が多くて乱暴だったことを知っている。

「……兄上。何を企んでおられるのだ？」

「すぐにわかる。だからそなたは、本気で打ち込んでこい」

「兄上がそう言うのなら。しかし手合わせは久しぶりだな。現役騎士として、そろそろ兄上に勝たせてもらうぞ！」

鍛錬用の広場に立つと、メイリックは木剣をブンと振ってニヤリと笑う。端麗な容姿を裏切る、恐ろしく物騒な表情だ。

木製の模擬剣の重さを確かめるように軽く動かしていたバラムも、普段の冷ややかな表情を捨てて楽しそうな顔をした。

「まあ、お嬢様！　バラム様が試合をするようですわ！」

「……えっ？　バラムお兄様が？」

年頃の近い侍女オルガが悲鳴のような声を上げ、何気なくそちらに目を向けたアデリアも目を大きくする。

木剣を持った長兄バラムが、剣の鍛錬場所へと入っていくところだった。

重厚な飾りをつけた上着を脱いだ姿は、周囲の騎士や警備兵に比べるとやや細身だ。しかし貧弱さはどこにもない。平均を上回る長身は、貴公子というにはがっしりしすぎている。

当然だ。バラムも剣の鍛錬を欠かさない戦士の一人だから。

「バラムお兄様がメイリックお兄様と剣を合わせるなんて、久しぶりね」

「どうしましょう。お嬢様、私は初めて拝見しますわ！　なんて運がいいのでしょう！」

「オルガ、落ち着いて。あまり身を乗り出すとスカートの裾が汚れてしまうわよ」

「あ、あら」

アデリアがからかうと、侍女は真っ赤になって椅子に座り直した。

しかしその間も、目はバラムの姿を追っている。小さく笑ったアデリアは、末兄マイズがこちらにやってくるのを見つけた。

「マイズお兄様は休憩するの？」

「十分すぎるほど堪能したからな。……同席させていただくよ」

アデリアの横に立ったマイズは、ちらりと目を動かす。アデリアの隣の椅子に座っていたエディークは、立ち上がって席を譲ろうとしたが、マイズは人懐っこい笑顔でそれを制した。

「カルバン殿はそのままで。どうせ、アデリアが質問攻めにしているのだろう？」

「そうよ。私、馬は乗ることができても、武器のことなんて全く知らないんですもの。さっきもね、マイズお兄様がどうして簡単に相手の剣を叩き飛ばせているかを教えてもらったのよ。力任せではなくて、ほんの少しタイミングをずらしているからだって聞いたわ」

「……うん、そうだ。さすが元上級騎士隊長殿だ。よく見ておられるな」

「今はただの司書でしかありません。出すぎたことをしました」

エディークは軽く目を伏せるように頭を下げた。

それをじろりと見やり、マイズは首を解《ほぐ》すようにゆっくりと動かした。

「それで、元隊長殿は我ら現役の騎士の腕をどう見たか、教えていただけるか？」

「皆お若いが、なかなかに良い腕をお持ちです。特にマイズ様は実にお見事でした」

「光栄だな。だが実は、俺より兄上たちのほうが強いんだ」

ニヤリと笑い、マイズは相手の表情を探る。

目を伏せていたエディークは、思わずといった様子で、木剣を打ち合わせ始めた領主の息子たちに目を向けた。つられてアデリアも兄たちを見る。

周囲の注目を受けながら、二人は軽く剣を合わせるだけの動きをゆっくりと繰り返していた。実戦から離れているバラムへの配慮だろう。

型通りの打ち合いを一通り行い、いったん二人は離れる。

それから突然、二人は動きを早めた。

どちらからともなく一気に距離を詰め、ぶつかるほどの勢いのまま剣を打ち合わせた。硬い音が響いている間に離れ、再び打ち込む。剣を滑らせて流し、斬り払うように動かしたかと思えば鋭く突く。

素早い攻撃だが、お互いに全て阻んでいる。二人は位置を変えながら剣を合わせ続けた。

「……これは」

「デラウェスの剣技の型だ。カルバン殿はご覧になるのは初めてか？」

「これほど多用するのは初めて拝見しました。……実に見事だ」

低くつぶやいたエディークは、わずかに身を乗り出していた。

隣にいるアデリアが見上げても、二人に視線を向けたまま動きを目で追っている。表情は真摯で、しかし口元には楽しそうな笑みが浮かんでいた。

アデリアはこっそり笑う。

ひときわ大きな音が響いたのは、その時だった。

兵士たちが息を呑み、あるいは危ないと叫ぶ。侍女たちが悲鳴をあげ、ようやく何かあったと気付いたアデリアは顔を動かす。

何かが飛んでくる。

わかったのはそれだけで、アデリアは身動きも取れずにそれを見ていた。

と、その時、肩に大きな手が触れた。

次の瞬間には、ぐいっと押されていた。アデリアの体は椅子から滑り落ちるように横へと流れていく。

落ちる。

そう思ったけれど、傾いた体が地面に触れることはなかった。誰かに支えられていると気付いたのは、視界を何かが過《よ》ぎって大きな音が響いた後だった。

「大丈夫か、アデリア」

「え、ええ」

すぐそばから聞こえたのは、末兄マイズの声だった。呆然としながらアデリアが何とか頷くと、マイズは妹をひょいと椅子に座り直させた。

椅子から落ちかけた体を支えてくれたのは、マイズだったようだ。

落ち着くために、アデリアはゆっくりと呼吸をする。視線を上げると、向こうからメイリックが走って来るのが見えた。その後をバラムが落ち着いた歩調で追っている。

侍女たちは青ざめて座り込んでいた。

周囲の兵士たちは、ほっとしつつもなぜか興奮したようにささやき合っている。

目を動かすと、少し離れた地面に木剣が落ちていた。思わずそれを見ていると、すぐ近くで土を踏む音がした。いつの間にかエディークが立っていて、手にしていた槍《やり》をそばにいる警備兵に渡しているところだった。

槍は、領主館の警備兵が使うものだ。

柄にはデラウェス家の紋章が描き込まれていて、鋭い刃先の根本には色鮮やかな飾りが付いている。領主の令嬢がいるからと、警備兵も控えていたようだ。

でも、なぜエディークが警備兵の槍を持っていたのだろう。それに警備兵は、いつもはこんなに近くにいることはない。

もう一度瞬きをした時、一気に駆けてきたメイリックがアデリアの前に片膝をついた。

「アデリア、すまなかった！　怪我はないか！」

「……え、ええ。大丈夫。少し驚いただけです。でも……いったい何が……？」

「私が飛ばしてしまった木剣を、司書殿が弾《はじ》いたのだよ。いや、驚いた。マイズが身を呈して守ることは想定していたが、司書殿が槍を使えるとは思っていなかった」

「エディークが？」

アデリアはエディークを見上げた。

歩いてきたバラムに気付いて、慌てて背筋を伸ばしたけれど、その緊張も今日ばかりはすぐに途切れるようだ。アデリアの視線は、そろりとエディークへと戻っていく。

そんな妹の前に立ったバラムは、乱れた髪を手櫛で整えながら水色の目を楽しそうに輝かせている。メイリックはいつもより機嫌の良さそうな長兄をちらりと見やり、また言葉を続けた。

「アデリア。司書殿は、現状でも槍は使えるようだな」

「エディークが、槍を？」

「司書殿は、お前を押しのけながら槍で木剣を弾き落とした。いや、絡め落としたと言うべきか？　騎士が剣技に秀でているのは当然だが、他の武器類の扱いも磨いておられるようだな」

メイリックも楽しそうだ。

もう一度エディークを見上げ、アデリアは兄の手を借りて立ち上がった。

さっきはただ驚いただけだったけれど、状況を悟ったせいか、足に十分な力が入らない。ふらつきかけて兄に支えられてしまった。そのことにまた動揺してしまう。

アデリアはできるだけ自然に見える笑顔を作り、支えてくれたメイリックに礼を言う。それから大きく息を吐いて、エディークへと向き直った。

緊張した顔でいつもより近くに立っている警備兵と、その手にある槍と、エディークを順番に見ていく。

でも何と声をかけるべきかためらっていると、エディークは穏やかに微笑んだ。

「お怪我はありませんか？　アデリアお嬢様」

「ええ。エディークに助けてもらったのね。ありがとう」

「よく考えるとマイズ様がいましたから、私が出る幕ではなかったかもしれません」

「そんなことはないわ。……手の調子はいいの？」

「肩の違和感は残っていますが、手はそれなりに動かせるようになっています」

「それはよかったわ。でも……」

ほっとしたアデリアは、言葉に迷って口ごもる。

わずかに苦笑したエディークは、目元に落ちてきた金髪を軽くかきあげた。

「体はあまり動かせませんが、筋力を戻すように努めています。その一環として、棒術や槍を試していました。今日はそれが幸いしたようです」

「もしかして、警備兵もエディークが近くに呼んでいたの？」

「こういう場ですから、多少物騒なことが起きるとも想定していました」

「そうだったのね。……それで、あの、剣は使えるようになったの？」

「重い剣は、まだしばらくは無理でしょう」

エディークがそう言った途端、アデリアは聞いてはいけないことを口にしてしまったと慌てる。

その様子に微笑みを浮かべ、エディークは言葉を続けた。

「軽いものなら、少しは使えるようになりました」

「少しとは謙虚すぎるな。あの動きができるのなら、マイズの剣筋も見切るだろう」

メイリックがつぶやいた。

振り返らなくても、メイリックとマイズが興味を隠さずに目を輝かせている姿は簡単に想像できる。兄たちは根っからの武人なのだ。

しばらく考えていたアデリアは、わずかに背を丸めた姿で立っているエディークを見上げた。

「ねえ、エディーク。今度から散策先は兵舎にしてもいいかしら？」

アデリアの言葉に、エディークがわずかに驚いた顔をした。

それを満足そうに見上げ、さらに言葉を続けた。

「ここまでは少し遠いと思うの。歩いた後、私はゆっくり休憩していくかもしれないわ。その休憩時間中は暇でしょうから、エディークは好きなことを……例えば、もっと体を動かしたりしてもいいと思うの」

「しかし、それは」

「ふむ、つまり、我らは王国軍の剣技を吸収することができるということか。アデリアの提案は悪くないな。バラム兄上もそう思われるだろう?」

メイリックの楽しそうな声に、アデリアは慌てて長兄を振り返った。いくら「領主の娘のわがまま」で押し通そうとしても、次期領主である長兄の意思には逆らえない。

バラムは腕組みをしていた。冷ややかな目はエディークを見ていたが、アデリアに目を移すと小さく頷いた。

「散歩中のことは、アデリアが望むようにすればいい。エディーク殿が領軍兵と剣の鍛錬をすることはあるかもしれないが、領主の娘ともなるとわがままの範囲が広いゆえ、仕方がないだろう」

それだけ言うと、バラムは持っていた木剣を近くの兵士に渡して背を向けた。

その後を、脱いでいた上着を持った従者が追っていく。少し離れたところで控えていた文官が、さっそく何か報告しながら書類をバラムに手渡していた。

兄を見送ったアデリアは、エディークを見上げた。

「バラムお兄様にお許しをいただいたわ。エディークはお嫌かしら?」

「……アデリアお嬢様は、私を厚遇しすぎています」

「あら、わがままな領主の娘を甘えさせることは、エディークの役目でしょう？　きっとこれからもたくさんわがままを言うから、覚悟してね！」

アデリアは楽しそうに笑っている。

左目にかかる金髪をもう一度かきあげたエディークは、ふと動きを止めてアデリアの笑顔を見つめる。しかしすぐに目をそらして、傷痕のある右の顔を押さえながら空を見上げた。


歩きながら上着を羽織ったバラムは、背後から追ってくる足音と声に気付いて足を止めた。

追ってきたのはマイズだった。

武人らしい長身と頑強な体の弟は、追いつくと軽く息を吐いてから口を開いた。

「バラム兄上。さっきのあれは故意にやったのだろう？　カルバン殿を試したんだな？」

「そろそろ不満が出てくる頃だからな。私としては実戦を知る熟練の元騎士というだけで悪くないと思っているが、それだけでは納得できない連中はいるようだ」

その筆頭であるマイズは、少し決まりが悪そうに目をそらす。

しかしすぐに気を取り直して、再び歩き始めた長兄の後を大股で追った。

「兄上は、カルバン殿を認めているのか？」

「悪くはないと思っている」

短く答えたバラムは、何か言おうとした弟を手で制して言葉を続けた。

「カルバン家の三男なら家柄は確かで、過去の経歴と知名度も一流だ。母上の暴走から始まったが、条件としては悪くはない。現役ではないゆえに見逃していた、いや正直に言えば、考えたこともない相手だった」

「しかし、さすがに年が離れすぎていませんか？　それに、代理の騎士を立てるとしても、馬に乗れないようでは騎士領主として認めることは難しい。何より、アデリアの婿には相応しくないっ！」

「現状ではその通りだが、今後さらに回復する可能性はある。馬にも乗れるようになるかもしれない。……秘密ということになっているが、アデリアがあのように連れ回しているのは、体を十分に動かして回復させるための口実だぞ」

「はぁ？　アデリアはあんなに楽しそうにしているのに、口実だと？　我らの妹を軽んじているのか⁉」

「落ち着け。おそらくアデリアが言い始めたことだ。だが結果的に、アデリアはとても楽しそうにしている」

「しかし、兄上！」

「他に絶対的な候補もいないのだ。マイズとしても、年齢と馬に乗れないこと以外、反対する理由はないのだろう？」

長兄の指摘は正しい。マイズはうなりながら黙り込む。

そんな弟を見やり、バラムは薄く笑った。

「エディーク殿は思慮深い人物だ。自分の立場も、アデリアの状況も理解している。ならば、もう少しアデリアの笑顔を見ていてもいいとは思わぬか？」

「……確かによく笑っていましたね。それに、物怖《ものお》じもしなくなった」

ため息をついたマイズは、背後を振り返った。

鍛錬場は木立のために見えない。しかし、まだそこにいるはずのアデリアの笑顔は、容易く思い描くことができる。

約半年ぶりの妹アデリアは、明るい笑顔を自然に浮かべていた。それでいて年相応の柔らかな空気もあった。

特にエディークを見上げる時は、領主の娘らしい凜とした顔が少し和らいで、ごく普通の若い娘のような顔をしている。

そこまで考えたマイズは顔をしかめて腕組みをし、また大きくうなった。

「……あの甘え顔は、幼い頃から年上に甘やかされてきた延長、ですよね？」

「さて、どうなのだろうな」

「どうなのだろうって、それでいいのですか！　まさかとは思うが、兄上は本当にあの男にアデリアをくれてやるおつもりか！」

「先のことはわからない。だが、アデリアの泣き顔は見たくないのだ」

バラムは肩越しに振り返る。

弟と目が合うと、バラムは微笑んだ。その顔がとても優しく見えて、マイズは思わず足を止めてしまった。

驚愕で目を見開いている弟にひらりと軽く手を振り、バラムは笑みを消してそのまま領主館へと歩み去った。

残されてしまったマイズは、バリバリと頭をかきむしる。

しばらくそうしていたが、やがて気を取り直して大股で鍛錬場に戻った。

まだアデリアは鍛錬場にいて、木製の模擬剣を指し示して何か話していた。もちろん、笑顔で見上げる相手は金髪の司書。剣の作りを質問しているようだ。

それから、急に目を輝かせてすました顔を作る。高圧的な顔を作っているつもりのようだが、どう見てもかわいらしい。その顔で何を言われたのか、金髪の司書は困惑した顔をした。

しかしアデリアは笑顔で何かを請い続け、エディークはついに押し切られたように木剣を握った。

どうやら、アデリアの新しい「わがまま」は、剣を持たせることだったらしい。

誰かの剣技の解説をしているのだろう。金髪の司書は苦笑を浮かべたまま木剣の剣先を指差し、軽く動かす。それほど早い動きではないし、若干剣先はぶれているが、それでも剣に覚えのあるものなら思わず目を止めてしまう動きだった。

その動きをアデリアは笑顔で見ている。若々しい柔らかな頬は……マイズの気のせいでなければ、ほのかに赤く染まっていた。

低くうなったマイズは、再び頭をかき乱しながら手近にあった木箱にどさりと座った。

その姿が目を引いたようで、軽く剣を振っていたメイリックが汗を拭きながらそばに来た。

「どうした?」

「……メイリック兄上は、本当にあの男でいいと思うか？　バラム兄上はアデリアに甘すぎるぞ！」

「司書殿のことか？」

「一通り調べてみたが、王都では悪い噂が全くない人物だった。しかしあの年齢だぞ？　俺より十歳以上も年上なんだぞ？　アデリアはまだ若いのに、あんなジジイでいいのか！」

「それはな……。私も同じように兄上に問い正そうとしたのだが、あの動きを見せられてしまうと何も言えない」

「なんだよそれ！　懐柔されるのが早すぎるぞ、メイリック兄上！」

「お前だって、彼の体が今より回復したらどんな剣技を見せるか、気になっているだろう？」

メイリックは顎を軽く動かして示す。

その先にいるエディークは、近くにいた兵士にゆっくり軽く打ち込ませて、それを防ぐ剣技の型を解説している。

その解説に目を輝かせているのは、アデリアだけではない。

周囲の兵士たちは「なるほど」と頷いている。離れたところにいる騎士たちも、ちらちら見ながら木剣を動かして型をなぞっていた。

「剣技もだが、あの男は武人を引きつけるものを持っている。悔しいが、それは我らを上回るな。アデリアが絡まぬのなら諸手《もろて》を挙げて歓迎するところだ。……それで、兄上はお前には何と答えた？」

「先のことはわからないが、アデリアの泣き顔を見るよりいい、と」

「……そうだな、それに尽きるか」

腕組みをしたメイリックはため息をつく。

マイズもため息をついて、妹に目を戻した。

つい先ほどまで椅子に座っていたアデリアは、立ち上がっていた。

どうやら領主館へ戻るらしい。メイリックとマイズに手を振ると、侍女たちに指示を出している。

金髪の司書も一緒に戻るようだ。

ややゆっくりとした歩き方は、足をかなり引きずっていた。隣を歩きながらアデリアが心配そうにしているから、いつもより引きずり方が大きいのかもしれない。疲れが出ているのだろう。

歩調を確かめるように、アデリアは何度も司書を振り返っていた。

しかしそれをごまかすように、時々どこかを指差したりしながらずっと話しかけ続けている。エディークが何か答えると、ほっとしたように笑った。

かわいい。

アデリアがいつにも増してかわいらしく見える。

そう感じたのはマイズだけではない。さりげなく見守る領軍の騎士はもちろん、押しかけ中の王国軍の騎士たちも締まりのない顔になっている。そんなだらしない男どもを睨みつけ、マイズは小さく舌打ちをした。

「……兄上。カルバン殿を型稽古にお誘いしてもいいと思うか？」

「無理は禁物だぞ。だが、アデリアが明日もここに来たら、型稽古に誘うくらいはいいだろうな」

「よし、俺が相手を務めよう」

「明後日《あさって》は私が非番だから、その日は譲れよ」

「承知」

マイズは頷く。

メイリックも頷き返すと、弟の首に腕を回してぐいぐいと押した。

「まずは今日だ。ちょうどいい具合に体が解れたから、しばらく付き合え！」

「望むところです」

乱暴に押されながら、マイズはニヤリと笑った。

メイリックも笑い返す。それから二人で走るように鍛錬場の中央へと向かっていった。

第四章　回復と手紙

ゆっくりと馬を歩かせながら、アデリアは向かいの丘を見ていた。

デラウェス家の領主館の周囲は、見晴らしを保つために草地となっている。特に裏手側は向こうの丘まで草地が続いていて、夏場なら美しい緑一色となり、点在する木は広く枝を伸ばす。

しかし今はすでに秋。風は冬の走りのような冷たさを含み始めている。

緩やかに枯れ草の色が広がりつつある丘を、土煙をあげながら駆ける騎馬の一団があった。

デラウェス領軍の騎士たちだ。今日はいつもの軽装備ではなく、重武装での訓練を行なっている。

重い甲冑が鈍く光を反射する中、軽装備の騎士が二人混じっていた。一人は王国軍の制服を身につけている。しかし、もう一人が身につけているのはどこの制服でもない。騎士たちが私的な時間に着るような平服姿だ。

アデリアが平服の騎士を目で追っていると、たくましい馬たちが一気に丘を駆け下り始めた。重装備の重さを感じさせない速度のまま、二手に分かれて草地を進んでいく。

二つの集団は、ぐるりとまわって再び出会う。

その寸前に、騎乗した騎士たちは抜剣した。すれ違いざまに、騎士たちは実戦さながらに剣を打ち合わせていく。

離れた場所にいるアデリアにも、その激しい音がはっきりと聞こえた。

アデリアの馬が、びくりと耳を動かす。帯剣した護衛を兼ねた侍女の馬は平然としているから、訓練ではよく聞く音なのだろう。

しかし、おとなしい馬は怯えていた。アデリアが馬から降りて首を撫でると少し落ち着いたけれど、それでも剣を打ち合わせる音が響くたびに耳がピクピクと動いている。

もう一度首を撫で、アデリアは風で絡まる髪をリボンで結び直しながら丘のふもとに目を戻した。

騎士たちの疾走はまだ続いていた。

最後尾の平服の騎士にも剣を向けるようだ。丘を下った激しい勢いのまま、剣を振りかざしながら迫る。

平服の騎士は、金髪をなびかせながら手綱から片手を離した。鞍上《あんじょう》に固定している鞘から剣を抜き放ち、重武装の騎士が振り下ろす剣に打ち合わせる。

ひときわ大きな音が響いた。

刃渡りの長い剣を片手で振るいながら、平服の騎士はさらに騎士たちと剣を合わせていく。

他の騎士たちに比べると、その男の動きはどこか不自然な硬さがある。しかし他の騎士たちのものより細く長い剣を振り抜く動きは誰よりも鋭く、それでいて打ち合わせる直前に速さを抑えているようでもある。

すれ違った騎士たちは、感嘆するように振り返っていた。

やがて馬たちは速さを落として止まった。騎乗しての重武装訓練は、ひとまず終わったらしい。隊長の印をつけた騎士が下馬したのを見て、アデリアは再び馬に乗って彼らのところへと向かった。軍馬たちが踏み潰した草の匂いの中に、革と金属の匂いが混じっている。

「これはお嬢様。ようこそおいでくださいました」

すぐに気付いた隊長は、馬を止めたアデリアの前へと進み出て迎えた。他の騎士たちも、それにならって礼をする。しかし王国軍の制服を着た騎士だけは、陽気な仕草で手を振ってきた。

秋の帰省中のマイズだ。

アデリアも、年齢の近い末兄には笑顔で手を振り返した。

にやりと笑ったマイズは、訓練の疲れを全く感じさせない大股でやってくる。アデリアの前でわざとらしい真顔を作ると、貴婦人に対するような礼をした。

王国軍の上級騎士に相応しい姿だ。でも末兄のことをよく知るアデリアにとっては、笑いを誘うものでしかない。

手の甲への口付けを企む兄の手から逃れて、くすくすと笑った。

「マイズお兄様ったら。私にそんなことをしても、全然似合わないわよ!」

「笑わないでくれ。せっかく格好つけているんだから、アデリアもそれらしく受けてくれよ」

「はいはい。そうさせていただきます」

アデリアは笑いながら、淑女らしく右手を差し出した。

その手を気取った仕草で取り、マイズは背の高い体を窮屈そうに折り曲げて妹の手に恭しく口付けをする。

しかし、生真面目な顔はそこまでしか保たなかった。マイズ自身が大笑いをして全てを台無しにしてしまう。アデリアも堪えきれなくなったのか、楽しそうに笑った。

他の領軍の騎士たちは、笑い転げる兄妹をそれとなく見守りながら口元を緩めている。

そんな騒がしさの中、平服姿の男も馬を降りた。

近くにいた騎士の一人が馬の手綱を持ち、別の一人が降りる体を支えている。ゆっくりとした動きは、騎士たちの中では目立っていた。

その様子をちらりと見やり、アデリアは末兄から離れて隊長に声をかけた。

「エディークと話をしてもいいかしら？」

「もちろんでございます。しかし、エディーク殿は見事ですな。いつものことながら、剣の速さに押されてしまいました」

「そうなの？」

アデリアは目を動かして、馬の鞍《くら》に固定した剣を外している金髪の人物を見た。

一年前は、書物室に勤める見栄えのしない司書だった。

春先でもまだ、アデリアが早足で歩く程度で負担がかかっているようだった。

しかし今のエディークは、馬上では他の騎士たちに見劣りしない。先ほどの訓練でもそれが明らかだ。

今でも背はまっすぐではないし、歩みは足を引きずりながらのものだ。馬の乗り降りにも、誰かの介助を必要としている。

なのに、剣を持つ姿は体の不自由さを忘れさせるような威圧感がある。今もゆっくりと歩いているだけなのに、不思議なほど華やかさがあった。

「マイズ様の帰省に合わせての重武装訓練ですから、盛り上がるだろうと予想はしていましたが。エディーク殿も参加しているせいか、若い連中がいつになくやる気になっていますよ」

「マイズお兄様がいると、皆が張り切るのはわかるわ。お兄様は誰よりも張り切るんだもの。でも、どうしてエディークが関係してくるのかしら？」

「お嬢様。エディーク殿は王国軍の上級騎士隊長だった人ですよ。何よりあの剣技を目の当たりにすれば、張り切るなと言うほうが無理です。しかし……」

隊長は言葉を切った。

その目はアデリアから離れ、こちらへ歩いてくるエディークへと向かい、ため息をついた。

少し離れて立つマイズも同じ方向を見ていた。

「ただの司書だった頃のエディーク殿と比べると、驚愕するばかりです。しかし今の体であの腕前ですから、現役時代はどれほどのものだったのでしょうな。実に惜しい」

「……本当にそうね。でも現役の騎士だったら、デラウェス領に来ることはなかったのよ」

「ふむ。それはそうかもしれません。エディーク殿にはお気の毒だが、デラウェスとお嬢様にとっては幸いでありましたな」

隊長は意味ありげに笑う。

その意味を察したから、アデリアはそっと視線をそらして、曖昧に微笑むだけにとどめた。

何気なく目を向けると、エディークが若い騎士たちに呼び止められていた。若い騎士たちは目を輝かせながら剣を動かしている。エディークも何か言いながら剣を指差しているから、剣技について話をしているのだろう。

若い騎士たちにとって、エディークは敬意を向けるべき騎士らしい。正式な地位は今も司書なのだが、そんな認識はなさそうだ。

隊長も同じことを考えたようで、苦笑いを浮かべていた。

「ご覧の通り、若い連中はすっかりエディーク殿に心酔しています。まあ、エディーク殿の度量からすれば当然でしょうな」

「また馬に乗れるようになればいいな、というくらいだったのに、あんなに動けるようになったのね。……本当によかった」

アデリアは微笑んだ。

今思えば、同盟を持ちかけた頃のエディークは回復を諦めていたようだった。

そんなエディークが再び剣を持ち、夏の終わり頃から馬に乗るまでの目覚ましい回復を見せた。早馬のような疾走はできないものの、馬に乗って特注の剣を振るうと、現役の騎士に劣らない攻撃力を発揮する。

ここまで回復するために、エディークはどれほどの努力を続けてきたのだろう。アデリアが誘った散歩だけではないはずだ。

騎士には多様な仕事がある。再び前線の騎士に戻ることは難しくても、エディークの資質を活かす仕事があるはずだ。

特に、王宮のような場所では。

アデリアはやってきたエディークに笑いかけた。

「エディーク。領主館までご一緒していただける？」

「私でよければ、喜んで」

半年以上続いている恒例となったやり取りだ。

恭しく頭を下げたエディークは、指笛を鳴らして愛馬を呼ぶ。おとなしく待っていた馬は、その音にすぐに主の元へ来た。

その手綱を取り、剣を再び鞍に取り付ける。その間にアデリアの馬は、侍女が手綱を奪うようにして連れていってしまった。

すっかり手持ち無沙汰になって戸惑うアデリアの横を、馬を引くエディークが並んで歩いた。

エディークは、今もわずかに足を引きずる歩き方をする。

でも危うさはどこにもない。アデリアの歩調と同じくらいだ。エディークが作る心地好い速さに合わせながら、アデリアは隣の背の高い男を見上げた。

鮮やかな金髪はすっきりと束ねていた。傷を負った右目には黒い眼帯をつけている。広めに覆われているので、額から頬にかけての傷もそれほど目立たない。

この姿になったのは、馬に乗るようになってからだ。最初は驚いてしまったけれど、今となっては違和感はない。

騎士らしい精悍な姿だ。

「訓練の様子を見せてもらったけれど、すっかり騎士に戻っているわね」

「恐れ入ります。さすがに以前のようには動けませんが、これ以上は望みすぎでしょう」

ゆったりと歩きながら、エディークは静かに笑った。穏やかな話し方は司書だった頃と同じなのに、雰囲気がどこか違う。

やはりこの人は剣を持ち、馬を駆り、まっすぐに未来を見据えていく生き方が似合うのだ。

体を回復させるという目的は、十分すぎるほど達成した。次は、デラウェスからもっと華々しい場へと送り出さなければならない。それが、契約に似た同盟関係を結んだアデリアの義務だ。

……そんなことを考えると、胸がずきりと痛む。

最近多くなったその痛みを無理やりに振り払い、アデリアはそっと周囲を見た。

騎士たちは馬を降りての訓練を始めていた。乗馬の時だけつく護衛を兼ねた侍女は、アデリアたちから少し遅れて馬を引いて歩いている。

領主館の方へと目を戻すと、建物の周辺に警備兵たちがいた。領主館の部屋の中からは、母ポリアナがこちらを見ているかもしれない。

慣れているけれど、時々、妙に居心地が悪いと感じてしまう。

アデリアがこっそりため息をついていると、エディークが顔を動かし、アデリアを見た。

「お嬢様のおかげで、体を動かす時間を取ることができました。奥方様をはじめとしたご領主一族からの……婚約者待遇のおかげです」

「そうね、お母様の思い込みが役に立ってよかったわ。そういえば先日、カルバン家のお兄様から手紙が届いたそうね。体のことは報告したのでしょう？　どんな反応だった？」

「とても喜んでくれました。ただ、喜んでくれたのはいいのですが、どうやらまた皆に触れ回っているようで。二番目の兄が頭を抱えているようです」

「それだけ喜んでくださったのね。でも、私も嬉しいわよ。今のエディークは、書物室にいた頃を思い出せないくらいですもの。昨日もね、久しぶりにお見えになった西の大叔父様が驚いていたわよ。いつも難しいお顔ばかりなのに、エディークを見て目を真ん丸にしていたの。大叔父様の前で笑わないようにするのは、とても大変だったわ！」

一人で笑ったアデリアは、歩きながらエディークを見上げる。隻眼の男はアデリアを見つめ、柔らかく微笑んで前方へと目を戻した。

騎士たちの訓練の音が聞こえる中、二人はのんびりと歩く。

枯れた葉が増え始めた中で、まだ花を咲かせている野草もある。太陽の光を吸収したような鮮やかな黄色の花は、一時期ほどではないけれど、まだあちらこちらに咲いている。枯れ草の匂いの中に、かすかな甘い香りが混じっていた。

しばらく無言で歩いていたエディークは、ふと足を止めた。

「アデリアお嬢様。せっかくですから、私の馬に乗ってみますか？」

「……え？」

アデリアは戸惑いながら青い左目を見上げた。

エディークの馬は、馬に乗れるようになってから実家のカルバン家から呼び寄せた軍馬だ。アデリアの馬より体が大きく、重装備の騎士を乗せても疲れないのではないかと思うくらいに頑丈そうな体格をしている。

今はおとなしく手綱を引かれているが、非常に気も強そうだ。毛並みは平凡ながらも健康的で、しっかりとした筋肉が美しい。

エディークは愛馬の首を撫でた。馬を見る目は、いつもとても優しい。その優しい目のまま、アデリアにも微笑みかけた。

「この馬とは王国軍時代からの付き合いです。私が最後に戦場に出た時も共にいました。お嬢様好みの言い方をすれば『本物の軍馬』ですよ。乗ってみたいと思いませんか？」

アデリアは、目を大きく見開いた。

一瞬輝いた顔は、すぐにためらいの表情を浮かべた。

「……乗ってみたいわ。でも、本当にいいの？」

「もちろんです。多少気は荒い馬ですが、お嬢様のことはよく知っていますから大丈夫ですよ」

アデリアはエディークの馬を見た。

そっと手を伸ばしても威嚇はしてこない。思い切って首に触れると、親愛を示すように鼻先をすり寄せてきた。

今日は機嫌もいい。心を許してくれているようだ。

嬉しそうに顔をほころばせたアデリアは、軽く咳払いをして改めて背筋を伸ばした。

「では、乗せてもらおうかしら。でもやっぱりとても大きいのね。このままでは乗れないから、踏み台を……」

アデリアは折りたたみ式の踏み台を用意してもらおうと、後ろに控えている侍女を振り返る。しかし侍女が用意するより早く、アデリアの体はふわりと浮いていた。

「……えっ⁉」

「失礼します」

エディークはアデリアの腰を抱き上げ、軽々と馬の背に乗せた。

驚いて身動きもできなかったアデリアは、我に返って急いで鞍上に座り直す。軍馬の背は思っていたより高く、アデリアは思わず鞍にしがみついてしまった。

「大丈夫ですよ、お嬢様。落ち着いて、いつも通りに手綱をお取りください」

「え、ええ。わかったわ」

そう頷くものの、慣れない高さは思っていたより怖い。

エディークに引かれて、軍馬はゆったりと歩き出す。その揺れに身を任せながら手綱を握ったけれど、緊張してしまって必要以上に体に力が入ってしまう。顔も硬くなった。

アデリアの苦闘ぶりに気を遣ったのか、エディークはさりげなく目をそらした。しかしそれだけでは収まらなかったようだ。顔を伏せたまま笑い出した。最初は小さかったのに、笑い声はすぐに大きくなる。

司書として、堅苦しいほど礼儀正しく接していた時には見たことのないような、とてもくつろいだ笑顔だ。こういう笑顔を最近よく見るようになった。笑い声も聞き慣れた。思っていたより大きな声で笑う人だ。

こんな風に笑っていると、十四歳も年上の人のようには見えない。

馬の上からは、エディークを見下ろす形になっている。そのせいか、今はあまり年齢の差を感じなかった。胸の奥がじわりと温かい。

でも、笑いすぎだ。

「……もう、そんなに笑わないでよ！」

「申し訳ございません」

むくれ顔のアデリアに、エディークは真顔を作って恭しく詫びる。

しかしその顔も、すぐに笑いで崩れた。

黒い眼帯をつけた恐ろしげな姿なのに、笑顔はとても柔らかく明るい。そんな顔を見下ろして、アデリアもいつの間にか笑っていた。

笑ったおかげで、緊張が和らいだようだ。咳払いをして背筋を伸ばすと、軽く手綱を持ち直す。

それからようやく、馬上から周りを見回した。

高さが少し変わっただけなのに、全く異なる景色を見ているようだ。

「軍馬の上から見ると、こんな感じなのね」

「いかがですか？」

「楽しいわ。きっと走ると速いんでしょうね。もっと馬術を磨いていればよかった。そうすればこの馬を走らせることができたのに」

小柄なアデリアは、残念そうに馬のたてがみを撫でる。

エディークは馬上へ目を向けた。

群青色の目が、ほんのりと頬を紅潮させたアデリアを見つめる。感嘆するように吐息が漏れた唇は、笑みが浮かんでいた。

「――お望みなら、私が……」

何か言いかけた時、鞍に取り付けていた剣がガチャリと揺れた。その音に、我に返ったように言葉が途切れた。

愕然としたように、エディークは笑みを浮かべていた口元に手をやった。訓練用の革の手袋を外した手には大きな傷跡がある。ほとんどが最後の戦場で負ったものだ。それを見つめ、唇をぐっと引き結んでゆっくりと手を下ろした。

「………分をわきまえずに、私は何を言おうとしたんだ」

「エディーク？　どうかしたの？」

「いえ、何でもございません」

ゆっくりと息を吐き、不思議そうに首を傾げている水色の目の令嬢を見上げる。

視線が合うとやや硬い微笑みを返し、前方へと目を戻した。

「軍馬の乗り心地をさらに体感したいのなら、兄君方に軍馬への同乗をお願いしてはいかがですか？」

「どうかしら。バラムお兄様には、乗るのもだめだと言われたことがあるのよ」

「それは幼い頃の話ではありませんか？　お嬢様はもう無謀な子供ではありません。立派なご婦人です。バラム様もお許しくださるでしょう」

「そうね、そうだといいわね。……でもマイズお兄様にはお願いできないわ。馬の乗り方が荒っぽいんですもの。メイリックお兄様にお願いしたほうが安全かもしれないわね」

アデリアはそう言って笑ったけれど、エディークは返事をしなかった。どうしたのかと見下ろすと、何事もなかったかのように微笑みを返してくれる。

でもしばらく経っても、やはりエディークの様子がいつもと違う。口数が少ないし、急に視線が合わなくなった。

さりげなく、しかし絶えず周囲に目を配っているのはいつも通りなのに、どうしたのだろう。

アデリアが馬上で首を傾げていると、突然エディークが表情を改めた。何かを見つけたように一点を凝視している。

「エディーク、どうかしたの？」

「……いえ、あれを」

エディークは足を止めて指差す。

主人に従って歩みを止めた馬の上で、アデリアはエディークの指差した先に目を凝らした。

遠くにかすかな土煙が見えた。領主館へと続く道のようだ。目を凝らしている間に、見慣れない服装の騎馬たちが駆けて来るのが見えるようになった。

早馬ではない。整然とした走り方で進んでいる。

「この辺りの領主家の騎士ではないわね。どこの制服かしら。急ぎの使者の印は付けていないみたいだけれど」

「ご安心ください。彼らが動いているのなら、物騒なことではありません」

エディークは穏やかに答えた。

しかし声がいつもより硬い。

不審に思ってそっと顔を見る。金髪と黒い眼帯に覆われた顔から表情が消えていた。危険に対する警戒ではないものの、緊張に近いものがあるようだ。

所属不明の騎士たちを見ていたエディークは、やがて馬の手綱を引いて歩き始めた。軍馬はおとなしく従うが、飼い主の変化を感じ取ったのか耳を動かしている。

様子がおかしいと感じたのは自分だけではないようだ。アデリアは思い切って聞いてみた。

「エディークは、あの騎士たちのことを知っているの？」

「はい」

エディークの返答は短い。さらに言葉が続くだろうと待っていても、エディークは口を硬く引き結んでいる。

アデリアが首を傾げた時、騎士たちは領主館の前で馬を止めた。その制服は王国軍のものに似ていた。でも色がより華やかで、印象がずいぶんと違う。

もっとよく見ようと目を凝らしていると、領主館の扉が開いた。迎えが出てきたようだ。一言二言、言葉を交わして、すぐに中へと案内する。

しかし、迎えに出たのは領主館の使用人ではなく家令だった。そのことにアデリアは驚く。家令が直接迎えに出るなんて異例だ。いったい何があったのだろう。

「エディーク、あの騎士たちはどういう方々なの？」

「彼らは王都から来たはずです。一人は王国軍時代の友人でした。……あの制服は、近衛《このえ》隊です」

エディークはため息をついた。

友人ということは、デラウェスに来る前の友人のはず。長く会っていないだろうに、あまり嬉しそうには見えない。ため息にはどういう意味があるのだろう。

それに、近衛隊とは国王か王族を守るための存在だ。そういう騎士たちが、なぜデラウェスを訪れたのか。

思わず考え込んでいる間に領主館の前に着いてしまう。エディークが馬上のアデリアを見上げた。

「失礼します」

大きな手がアデリアの体に触れる。

あらかじめ声をかけてもらったから、今度は驚かなかった。

ふわりと体が浮いて、馬から離れた。完全に宙に浮いているのが落ち着かず、アデリアは無意識に支えを求めて手を伸ばす。その指先に鮮やかな金髪の毛先が触れた。

驚いて手を動かすと、エディークの肩にあたった。

女性の柔らかな肌とは全く違う硬い体に、また心臓が大きく動く。しかし、すぐに地面に足が降り立ち、アデリアは密かにほっとする。

でも……心地好い時間も終わってしまった。

いつになくがっかりしている自分の気持ちに気付いて、アデリアはまた慌ててしまった。

◇

突然の来客に、デラウェスの領主館は慌ただしくなっていた。

自室に戻ったアデリアは、何があってもいいように着替えをすませる。

国王の身辺警護を担当する近衛隊の騎士が、制服を着用した姿でやってきたのだ。あの人数なら、部隊の半数が来ているはず。私的な休暇を利用して旧友であるエディークに会いに来た、というだけではないだろう。

幸いなことに、デラウェス家の存続に関わるような物騒な用件でも、領主令嬢を同席させるような用件でもなかったようだ。アデリアへの呼び出しはかからなかった。

緊急の用件ではないらしい。

そのことにほっとしつつ、アデリアは詳細を知らされるのを待つことにする。

でも日が傾き始めた頃になっても何も変化がないから、ネリアが様子を見に行った。

「どうだった？」

「近衛隊の騎士様たちは、国王陛下からの親書を持ってきていたようです」

戻ってきたネリアは真剣な顔で報告する。思っていたより重要な用件だったらしい。

アデリアは思わず息を呑んだが、すぐに冷静さを取り戻した。

「親書はお父様宛てなのかしら」

「はい。それと……エディーク様にも、何かを手渡していたという話も聞きました」

「エディークに？」

アデリアは首を傾げた。

もしかしたら、エディークは手紙のことを予測していたのだろうか。様子がおかしかったのは、近衛隊を見て何かあると察したのかもしれない。

「……あ、もしかして」

カルバン家では、エディークの体の回復ぶりは知れ渡っているはずだ。

領主一族だけでなく領民にまで話して回るような兄が、王都方面に話を広げないとは思えない。上級騎士隊長だった人物の回復の話なら、早々に聞きつける人々も少なくないだろう。マイズにも探りを入れようとした貴族がいたらしい。

とすると、国王からの手紙ということは……もしかしたら。

アデリアが考え込んでいると、領主館の外が少し騒がしくなる。窓辺へ行くと、近衛隊の騎士たちが馬に乗ってどこかへ向かうのが見えた。

「あの方々、領主館には泊まらないのね」

「はい。しばらくデラウェスには滞在するそうですが、領軍の兵舎に泊まるようです」

メイリックをはじめ、一族出身の騎士でも「領主館では気を抜くことができないから」と兵舎に滞在することは多い。そのために、騎士用の部屋はいつも余分に用意されている。

騎士兵舎は、国境地帯だった時代に作られたものをほぼそのまま使っている。部屋の作りは古いが、狭くはない。寝心地の良いベッドも用意されている。食堂へ行けば、飲み食いも望むだけできる。国王からの親書を届けた近衛隊の騎士も、きっと気楽な兵舎を選んだのだろう。

騎士たちを見送って、アデリアは窓に背を向けた。

「……エディークは、書物室にいるかしら?」

「少し前に書物室へと戻って行ったと聞きました」

「そう、ありがとう」

抜かりなく情報収集をこなしたネリアをねぎらい、アデリアはすぐに書物室へと向かった。


書物室は薄暗かった。

まだ照明を灯《とも》していないようだ。中へと進みながら見回すと、窓に近いテーブルに金色の髪が見えた。

「エディーク。少しいい?」

「……！　これはお嬢様でしたか」

アデリアが声をかけると、司書は驚いたように振り返った。

どうやらぼんやりしていたらしい。テーブルには手紙らしい紙が広がっている。

それをできるだけ見ないようにしながら、アデリアは立ち上がったエディークの前で足を止めた。

最近では珍しいことに、髪は束ねないままになっている。以前のように長めの金髪が顔を半分隠していた。

「王都から来た近衛隊の方々は、お父様へのお手紙と、あなたへのお手紙も持って来ていたそうね」

「はい。ご覧になりますか？」

「そ、それは結構よ。でも、もしかしたら……いいお話だったのではないかと思ったの」

そっと見上げると、エディークは硬い表情をしている。

一瞬、口を厳しく引き結んだが、すぐに小さく息を吐いた。

「……陛下より、武官へのお誘いをいただきました」

「ああ、やっぱり！　体の回復のことが伝わったのね！　よかったわね！」

アデリアは思わずエディークの手を取って、ぎゅっと握りしめる。

それから自分の行為に気付いて、慌てて手を離した。でも笑顔だけはそのままにエディークを見上げる。

しかしエディークの顔に笑みはない。アデリアは首を傾げた。

「どうしたの？　もしかして、何か困るような条件がついていたの？」

「いいえ、そういうことはありません。……いや、やはり困る条件と言えるかもしれませんね」

エディークは重いため息をついた。

こんなに困惑したようなエディークも珍しい。よほどのことだと察して、アデリアはしょんぼりと肩を落とした。

「役に立てることなら何でもしたいけれど、国王陛下がお相手となると、我がデラウェス家では全く力が足りないわよね。ごめんなさい」

「デラウェスの皆様には、これ以上ないほど助けていただいています。それなのに、これを受けてしまうとご迷惑をかけてしまうというか……」

エディークの言葉は歯切れが悪い。

ますます心配になっていると、アデリアの表情に気付いたエディークは慌てたように笑顔を作って椅子を勧め、自分も座る。

しかし、なおも何度もため息をついて視線をさまよわせ、やがて首をそっと振って口を開いた。

「これはまだ、ご領主様にも奥方様にも申し上げていません。実は陛下から、王宮への出仕のお誘いとともに、縁談をいただいています」

「……それは、良いお家柄の方となの？」

「かなり良いと言えるでしょう。陛下の母君のご出身であるスタインシーズ家のご令嬢です」

「素晴らしいわ！」

アデリアは笑顔でまた立ち上がった。

でも本当は……ほんの一瞬だけ言葉が出てこなかった。

まつげが震えてしまったことに気付かれなかっただろうか。気付かれていませんようにと心の中で祈り、アデリアは努めて明るい笑顔を作った。

「スタインシーズ家といえば、何人も王妃を出している名門貴族よ。そこのご令嬢ということは、国王陛下は本当にあなたを見込んでいらっしゃるのね。ぜひお受けするべきよ！」

「しかし、私はお嬢様の婚約者の待遇をいただいている身です」

「あら、そんなものは正式なものではないわ。あなたの体の回復のための口実でしょう？……あなたがいなくなると、その、少し寂しくなるけれど、でも王家とデラウェス家を繋いでくれる貴重な人脈だもの。お父様もお母様も、それにバラムお兄様も、きっと喜んでくれるわよ！」

アデリアは髪を撫で付けるふりをしながら、自分の頬に触れる。

……笑顔はうまく作れているだろうか。

もっと笑顔にならなければ。もっと嬉しそうな顔をしなければ。

声が震えませんように。顔色が悪くなっていませんように。……エディークに気付かれませんように。

いろいろなことを祈りながら、アデリアは座ったままのエディークを見た。

日中は猛々しい騎士だったのに、今は穏やかな司書の姿に戻っている。口元は引き結ばれていて、テーブルの上に広がった手紙を硬い表情で見ていた。

手紙の文字はやや角張っていた。

これがこの国で最も尊き御方の文字なのかとアデリアがなんとなく考えた時、エディークは眼帯をつけた右目を押さえるように顔に手を当て、首を振った。

「……やはり、この話は断るべきだ。奥方様がお嬢様に新たなお相手を探し始めているのならともかく、これはだめです。私にもっと良い縁談が来たからあなたは捨てられた、と言われかねない。お嬢様に恥をかかせることはできません」

「あら、そんなことなら慣れているわ。デラウェス家の末娘は、やはり結婚から縁遠いのだと言われるだけよ。それに私はまだ十八歳で、騎士領主の地位付きよ。あなたが王宮で妹分として私の名を出してくれれば、誰かと新しい縁を作ることはできるのではないかしら?」

「しかし」

右目を押さえたまま、エディークが顔を上げる。

それを手で制し、アデリアは笑顔を少し消して背筋を伸ばした。

「エディークは知っていると思うけれど、今のデラウェス家はただの地方領主扱いよ。王都では名前も忘れられがちだそうね。バラムお兄様は何もおっしゃらないけれど、メイリックお兄様がとても悔しそうにこぼしていたのを聞いたことがあるの。……私の婚約が何度も破談になったのも、そういうことなのよね。だから、あなたが王都でデラウェスの話題を作ってくれて、家名を浮上させてくれるのなら本当にありがたいのよ」

これは、建前としての言い訳だけではない。

かつて国境を任されたほど国王に信頼された強兵の領主デラウェスは、今は未開の農地を抱えた田舎者扱いされている。

確かに未開の地は多いし、アデリアは王都を知らない田舎育ちだ。

でもデラウェスの一族は今も変わらず国王に忠実な貴族で、本質は少しも変わっていない。田舎者と笑われることは仕方がないけれど、無能の役立たずと侮られることは許せなかった。

アデリアを見つめていたエディークは、わずかに口元を歪めた。

「私が陛下の元へ行くことで、デラウェス家へのご恩を返せるのですか？」

「ええ」

「アデリアお嬢様は、それでいいのですか？」

「もちろんよ」

アデリアは笑顔で頷いた。

言葉を長く続けることはできなかったけれど、笑顔だけは途切れさせなかった。

しばらくアデリアを見つめたエディークは、右目から手を外してゆっくりと立ち上がる。そして笑顔を貼り付けたアデリアの顔に手を伸ばした。

頬に、エディークの手が触れた。

指や手のひらはとても硬くて、温かい。

アデリアはようやく、エディークが手袋を外していることに気が付いた。直接触れられていると思い当たり、急に頬が熱くなって目をそらした。

「そろそろ食事の時間ね。私は部屋に戻ります」

「そうですね。それがよろしいでしょう」

しかしエディークの手はまだ離れない。戸惑って目を上げると、まだ青い左目に見つめられていた。

なぜ、手を離さないのだろう。

……エディークはなぜ、あんな目をしているのだろう。

困惑していると、エディークの手がゆっくりと動いた。

真っ赤になった頬に指先が触れる。頬から顎へ、さらに口元へと滑り、柔らかな唇で一瞬止まる。

すぐに離れていったけれど、アデリアは驚いて目を見開いてしまう。

しかし数歩退いたエディークは、何事もなかったかのようにいつもの穏やかな微笑みを浮かべていた。

「廊下まででよろしければ、お見送りしましょう」

「い、いいえ！　ここで結構よ！」

アデリアはくるりと背を向けて、ほとんど走るように書物室を後にした。侍女たちは、その後を慌てて追って行く。いつもより落ち着かない足音はすぐに聞こえなくなった。

書物室に一人残ったエディークは、誰もいなくなった扉口をしばらく見ていた。それからやっと目を離して椅子に座る。

テーブルの上に広げたままだった手紙を片付けようとして、エディークはふと手を止めた。

領主の娘の肌に触れてしまった己の手に目を落とし、自嘲するように唇を歪め……深いため息をついた。

その日の夜、ストールを肩に掛けたアデリアは兄の部屋を目指していた。

外はすでに暗く、じわりと冷え込んでいる。

バラムの部屋に着くと、あらかじめ先ぶれを出していたおかげか、すぐに部屋の中へと通された。

「アデリアか。こちらに来なさい」

街中の行政館に出向いていたバラムは、日が暮れた頃に帰ってきた。それから少し時間が経っているからか、アデリアには見慣れないくつろいだ服装になっている。

癖のある黒髪は、珍しく軽く乱れ気味だ。

一瞬、長兄が普通の人に見えて親近感を抱く。緩みそうになった気持ちを引き締めるために、アデリアは慌てて瞬きをした。

「お時間を作っていただいて、ありがとうございます」

「構わない。アデリアがわざわざ来るほどだから、何かあったのだろう?」

バラムは妹に椅子を勧め、自分も座った。

長兄の部屋には数えるほどしか入ったことがないから、アデリアは密かに緊張しながら、用心深く椅子に座る。

でも、この後はどうやって話を切り出せばいいかと、視線をさまよわせてしまった。

夜だから暖炉には火が入っている。

ぼんやりとその炎を眺め、長兄が仕事で疲れているはずだと思い出して背筋を伸ばしたものの、なかなか言葉が出てこない。そのことにアデリアは焦りを覚えた。

「あの、バラムお兄様……その……」

こんなに言葉が出てこないのは初めてだ。ますます緊張してしまう。

そんな妹を見ていたバラムは、静かにと立ち上がって暖炉に薪を足した。

「今日の仕事は終わっている。あとは寝るだけのつもりだ」

「あ、ごめんなさい。やっぱり失礼します！」

「最後まで聞きなさい。時間はあるから、ゆっくり話を聞けると言っている」

慌てて立ち上がったアデリアに、バラムは再び座るように促す。デラウェスの次期領主は冷ややかな顔のままだった。

でも、その目はどこか優しい。

そう気付くくらい、アデリアは長兄のことがわかるようになっていた。少し落ち着いてきたから、座り直して深呼吸をし、一人で何度も練習した言葉を心の中でもう一度繰り返す。

アデリアは、今度はまっすぐに長兄を見上げた。

「バラムお兄様に、お願いしたいことがあります」

「聞こう」

「その……」

アデリアは口ごもる。

しかし手をぎゅっと握りしめて、言葉を続けた。

「……エディークに、国王陛下から仕官のお誘いが来ているようです」

「王都から近衛騎士が来た件か」

「エディークは、きっと明日にはお父様たちに話すと思います。だからその時に、お兄様にエディークの後押しをしていただきたいのです」

バラムは妹を無言で見つめる。

薄い水色の目から優しい光は消えていた。冷ややかな目は完全に次期領主の目になっている。その目を真正面から受けて、アデリアは身がすくみそうになった。

でもアデリアはぐっと堪え、唇を噛み締めてまっすぐに見返し、さらに言葉を続けた。

「エディークに来ているお誘いには、縁談もついていると言っていました」

「体が回復したと見て、陛下のお気に入り騎士を取り込みに来たようだな。耳が早い貴族ならありそうなことだ。どこのご令嬢の名前が挙がっているか、聞いているか？」

「スタインシーズ家だそうです」

緊張した面立ちながら、アデリアははっきりと言った。

その家名に、バラムは目をわずかに見開いた。しかし、その驚きの表情はすぐに消える。ますます冷たくなった水色の目が暖炉の炎を眺め、低くつぶやいた。

「……予想以上に名門だな。本家に未婚の娘はいないはずだから、領主の姪《めい》あたりか」

「お父様はともかく、お母様は絶対に反対するでしょう。でも私は、エディークには国王陛下の元へ戻ってもらいたいと思っています」

そう言い切ると、アデリアは兄の言葉を待った。

バラムは無言だった。深く椅子に背を預けたまま、こめかみに指を当てる。その指がゆっくりとんとんと叩くように動き、やがて離れた。

まっすぐに見返す目は氷のようだ。妹へ向けるべきものではない。アデリアは足が震えそうになる。

でも、次期領主としての厳しいだけの目とはどこかが違う気がしたから、必死に踏みとどまっていた。

「――アデリア。エディーク殿の後押しをする意味はわかっているのか?」

「はい」

「エディーク殿が、他の女と結婚することになるのだぞ?」

「仕方がありません。その代わりに、王宮近辺に太い繋がりができると思います」

「そなたはもう十八歳だ」

「行き遅れの女が相手でも、騎士領主の地位が欲しい人はまだたくさんいるでしょう?」

「それはそうだが……」

バラムは目をそらして、ふうっとため息をついた。

その間もアデリアは笑顔を貼り付け、兄の反応をドキドキしながら待っていると、バラムはもう一度ため息をついて立ち上がった。

「エディーク殿に話を聞いてから対応を決めよう。アデリアはもう部屋に戻りなさい」

「でも、バラムお兄様！」

「前向きに考えておく。だが、エディーク殿の出方がわからないうちは断言できない」

バラムはそう言い、アデリアの前に立って手を差し出す。

本当は確約が欲しかったけれど、これ以上は無理なようだ。諦めたアデリアは、兄の手に手を重ねて立ち上がった。

そのまま退室しようと扉まで進む。しかし、控えていた従者が扉を開けたのに、バラムは少し手前で足を止めた。

手を預けているから、アデリアも足を止める。そっと顔を見上げても、長兄の表情はよくわからない。

密かに首を傾げた時、バラムはアデリアの手を軽く握り込んだ。手の大きさは違うのに、母ポリアナがよくやる手つきに似ている気がする。驚いてしまったアデリアの頭を大きな手が柔らかく撫でた。

「気持ちが落ち着く薬湯を準備させよう。それを飲んで、暖かくして眠りなさい。……お休み」

バラムはもう一度妹の頭を撫でる。

その口元には、とても優しい微笑みが浮かんでいる。だからアデリアもそっと微笑み返した。

「お休みなさい。バラムお兄様」

長兄バラムの手は、騎士そのもののように硬い。

……でもエディークの手はもっと硬くて、熱かった。

ズキリと胸が痛む。

でも、それには気付かないふりをする。微笑みを浮かべたまま、アデリアは長兄に丁寧な礼をして退室した。

◇

翌朝、エディークは領主夫妻に国王からの誘いがあることを話したらしい。

アデリアがそのことを聞いたのは少し後。知らない間に何度も話し合いが持たれていたようだ。

詳細について、アデリアは何も知らない。

その間は書物室通いをやめていたから、エディークとは全く顔を合わせていなかった。侍女たちが何か言いたそうにしていても、敢えて様子を聞くこともしなかった。

仮にも、婚約者とみなされていた関係だ。婚約破棄に近いことになるのだから、しばらく会わないほうがいいだろう。アデリアはそう考えたのだ。

だから、近衛隊の騎士が訪れた三日後の朝、次兄メイリックに告げられた内容に驚いた。

「……エディークが、今日、王都へ向けて出発するの？」

「ふん、やはり何も知らされていなかったか。本当は、アデリアには告げずに昨日のうちに行くという話だったんだ。それを兄上と一緒に説得して、今朝の出発になったのだよ」

突然アデリアの部屋にやってきたメイリックは、いつものように領軍の制服姿だ。暗色の制服は、母譲りの美貌を引き立てている。

しかし華やかなのは外見だけで、中身は泥臭いほど血気盛んな武人だ。今も苛立ちを隠さずに、赤みの強い髪を乱暴にかき乱していた。

「エディーク殿は恐ろしく強情だった。兄上が脅すように説得しようとしても、否と言い続けていたんだ。アデリアを泣かせる気かと言って、やっと留《とど》められたぞ。幸いなことに、今はマイズが戻ってきているからな。アデリアの涙でも引き止められないなら、二人掛かりで……それで足りなければバラム兄上にも手を貸していただいて、三人掛かりで力尽くで引き止めようかと思ったぞ！」

「私は泣きませんよ。エディークは都に行くことになるだろうと思っていましたから」

アデリアは静かに言う。

でも、すぐに目を伏せて小さくつぶやいた。

「……でも、今日の出発とは思いませんでした」

「父上と母上への挨拶が終わったら、すぐに出発することになっている。だから父上には、しばらく『手を外せない仕事』があることにしていただいた。たいした時間稼ぎにはならないが、あの男の決意を揺らがせるためにきれいに着飾るんだ。そして、思いっきり泣いてやれ！」

「メイリックお兄様ったら。そんな無茶なことはおっしゃらないで」

次兄メイリックの言葉に、アデリアは強張りかけた顔をほころばせた。

美麗な容姿と苛烈な性格を持つ次兄は、真面目なのか、笑わせようとしているのか、時々判断に困ることがある。こういうところは母ポリアナにそっくりだ。

でも、エディークの前で泣くなんて……アデリアにはできない。

男勝りの強い女ではないけれど、泣き崩れながらすがりつくほど弱くはない。アデリアは自分のことをそう評価している。

それに、もし物語にあるような儚《はかな》げな令嬢であったとしても、エディークを引き止めるために泣きたくはなかった。

行けと言ったのは、アデリア自身なのだ。

「エディークを引き止めてくれて、ありがとうございます。見送りなら、一番きれいな姿と笑顔を見せたいもの。それとも、お兄様がおっしゃるように、少し涙を浮かべるくらいがいいのかしら？悲劇の令嬢っぽくしていれば、近衛隊の方々に同情してもらえていろいろ話が広がるかもしれないわね」

アデリアはにっこりと笑い、そのまま立ち上がって侍女たちに目を向ける。強張った表情の若い侍女たちに、まるで舞踏会の準備を始める時のように楽しそうに笑いかけた。

「さあ、急いで準備をしましょう。さりげなくて、でも美しくて、殿方の心に残るような衣装ってどれかしら?」

「お嬢様……」

「絵物語なら、こういう時には贈られた物を身につけるのでしょうけれど、エディークから何ももらっていないから無理ね。私からお花をお送りするほうがいいかしら？　でもこれから旅立つ人に、生花は処分に困るかもしれないわね」

「……あの、良い花が庭に咲いていますから、髪に飾られてはいかがでしょうか。アデリアお嬢様には絶対にお似合いになりますよ！」

「ではドレスはできるだけシンプルにして、お化粧は少し大人っぽくしてみましょう。エディーク様がお嬢様に似合っているとおっしゃったドレス、どれだったかしら！」

気持ちを切り替えたのだろう。二人の侍女たちは準備のために小走りに部屋を出て行った。

アデリアは笑顔で見送る。

メイリックは、そんな妹を見ながら不機嫌そうに顔をしかめていたが、舌打ちをして妹の部屋を出て行った。

やがて、息を切らせながらネリアが花を抱えて戻ってきた。

「今日はよく晴れていますから、たくさん咲いていましたよ！　どの花を使いましょうか？」

「そうね、どれもきれいだけれど、この花を使おうかしら。私、この黄色い花は好きなのよ。かわいらしくてきれいだもの」

侍女がテーブルの上に並べた花を、アデリアは一輪ずつ選んでいく。

集めてもらった花には、春の花のような強い香りはない。

でも黄色の花を束にして顔を寄せると、かすかに甘い香りがする。エディークと一緒に散歩をした時に、群生地の近くでよくこの香りを楽しんだ。

エディークの軍馬に乗せてもらった日も、ほんのりと風に乗っていたのを覚えている。

枯れ草が増えた草地の中に、小さな黄色い花がこぼれるように咲いていた。そんな花々を背にしたエディークは笑っていて、馬上のアデリアを見上げた青い目は優しかった。

「……この花、とても好きよ」

目を伏せたまま、アデリアはそっとつぶやいた。


デラウェス領から王都へ向かう時、騎士なら馬を使うのが普通だ。しかしエディークは馬車を使うらしい。彼の愛馬は、他の騎士に引かれて併走するようだ。

馬車を使うということで、ついでに王都への他の荷物も積み込む。

いつもより華やかなドレスを着たアデリアが玄関に下りてきた時、そういう準備はほとんど終わっていた。

マイズと並んで立っていたメイリックは、振り返ってアデリアを見た途端に目を大きくした。見送りのために王国軍の制服を着ているマイズも、目を丸くしている。

しかしメイリックはすぐに笑顔になって、恭しく手を差し出した。

「麗しき我が妹よ。お手をどうぞ」

「ありがとうございます。メイリックお兄様」

あいかわらず、メイリックはふざけているのか真剣なのかわかりにくい。しかも、こういう態度がよく似合う端麗な容姿なので、判断をさらに難しくする。

末兄マイズがすると笑いが込み上げるだけなのに、メイリックの場合は妹ながらその姿に見惚れてしまいそうだ。

こっそり笑いを噛み殺し、アデリアは次兄の手に手を重ねた。

メイリックは妹を馬車の方へと導いていく。

領主バッシュと奥方ポリアナが振り返り、お互いの顔を見合わせて道を開けた。その向こうに近衛隊の騎士たちがいる。

バラムや近衛騎士たちと立ち話をしている明るい金髪の人も見えた。

「エディーク」

次兄の手から離れて名を呼ぶと、その人はゆっくりと振り返った。

その背中はわずかに丸く、剣を下げた手は大きい。長めの金髪はすっきりと束ねられていて、顔の半分近くは黒い眼帯で覆われている。

群青色の左目は、アデリアに気付いて大きく見開いた。

こんなに驚いた顔は、初めて見たかもしれない。そのことにアデリアは密かに満足した。

「薄情な人ね。黙って行ってしまうつもりだったの？」

「……申し訳ございません」

エディークは目を伏せて頭を垂れる。

何気ないその仕草は、しかしとても美しい。この人はやはり騎士なのだと、改めて思った。

——胸がまた、ちくりと痛む。

その痛みを無視をして、アデリアはにっこりと笑った。

「国王様のお誘い通り、仕官するのね？」

「はい。お許しください」

「勘違いしないで。私は喜んでいますから。でも、王都ではしっかりデラウェスのことを話してちょうだいね。デラウェス家の国王陛下への忠誠心とか、領内の平和さとか、お兄様たちの良いところとか。お兄様たちに良い縁談が来ればもっといいわね」

「お嬢様」

エディークは何か言いたそうにしていた。しかしアデリアはそれに気付かないふりをして、ひたすら早口で喋《しゃべ》り続けた。

「もちろん、私のこともたくさん宣伝してね。美人とは言えないけれど、あなたの回復を助けた健気な妹分だって。そうだわ、私から手紙を書くわね。マイズお兄様経由なら、手紙を届けられると思うのよ。妹分らしい文面にするから、人前で読んでもらえると嬉しいわ。話題にしてくれてもいいわよ。ついでに、婿に来てくれるような騎士を見繕ってもらえると、お母様は喜ぶのではないかしら。東の小領地は平和な田舎だけれど、万が一のことを考えて、兄弟で来てくれるような騎士も望ましいわね。そういえば、あなたがいなくなった後に新しい司書の方はいらっしゃるの？　司書長さんはご高齢だから、私のために本を探してくださいとは言いにくいのよね。あの方はとても優しい方だから、お願いすれば何でもしてくれるでしょうけれど、亡くなったお祖父様《じいさま》に少し似ているから、私がお手伝いをしなければいけない気分になって……」

「アデリアお嬢様」

無理に話し続けるアデリアをたしなめるように、エディークは一歩進み出た。

一度途切れてしまうと、もう言葉が出てこない。代わりにエディークが口を開いた。

「お嬢様には感謝をしています。もう一度馬に乗ることができるようになったのは、お嬢様のおかげです」

「……そうよ、私のおかげよ。それを忘れないで」

アデリアは軽く言って、右手を差し出す。

かつて交わした握手ではなく、淑女としての形だ。

エディークも軽く腰を屈めながら恭しく触れて、指先にそっと唇をつける。口付けはほんの一瞬で離れたのに、肌にいつまでも熱が残る気がした。

手が震える。

それを隠すために、アデリアは手を引こうとした。

しかしエディークは離さなかった。少し腰を屈めて細い手を押しいただいたまま、アデリアの顔を見ていた。

深い青色の目は、黒髪を飾る黄色い花を見つめ、薄い水色の目を覗き込んだ。それからいつもより少し大きく開いた首元に目を落とし、青いリボンで縁取りをした淡く優しい色合いの黄色いドレスへと目を動かす。

再びアデリアの顔に目を戻した時、エディークは少しまぶしそうな顔をした。

「今日の装いは、とてもよくお似合いです」

「少しは美人に見えるかしら？」

「はい。とてもお美しい」

エディークは微笑み、ようやくアデリアの手を離した。

できるだけ平然と手を下ろしたけれど、アデリアの心臓はうるさいほど早く脈打っている。だから目をそらして少し離れたいのに、隻眼の男は微笑みながらもそうさせてくれなかった。

眼差しは優しいのに、同時にとても強い。

まるで絡め取られたように、視線も体も動かせなくなった。

「お嬢様。一つだけ、わがままを言ってもいいでしょうか？」

「あなたがわがまま？　なんだか怖いわね。私にできることなら聞いて差し上げるわよ」

「では、恐れながら。お嬢様が身につけている物を、一つ頂きたい」

「……まあ、戦場に赴く騎士のようなことを言うのね」

アデリアは笑った。

でも、その笑顔はきっと硬かっただろう。

それを必死で隠そうと、明るく言葉を続けた。

「私の物でよければ、お好きなものを差し上げるわ。本当ならもっと価値のある宝石があればよかったのでしょうけれど、私はあまり持っていないのよ。特に今日は、お花が映えるように装飾品はほとんど身につけていないから……」

「宝石はいりません」

「そ、そうよね。国王様のお誘いを受ければ、私が身につける程度の宝石なんて、いくらでも手に入れられるわよね」

「そうではありません。別の物が欲しいのです」

また少し身を屈めて、エディークは微笑んだ。顔がいつもより近い。剣を持っていない右手がアデリアへと伸びた。

「あなたの髪を飾る、この花をいただけますか?」

「……花?」

「この地に来た時、人生を半ば諦めていました。そんな私を救ってくださったお嬢様との思い出に。そして、王宮という戦場に踏み込む私のお守りとしていただきたい」

エディークの指先は耳の横に飾っていた小さな花束に触れていて、手のひらはアデリアの耳と頬のすぐ横にある。ほんのりと温かさが伝わるようだ。

頬が熱い。

肌寒いはずの朝の空気の中にいるのに、頬が熱かった。そして、胸が苦しい。

早く離れてほしい。離れてくれないと落ち着かない。

アデリアは目をそらした。

「花でよければいくらでも差し上げるわ。花壇から、もっときれいな花を用意しましょうか?」

「いいえ、これをいただきたい」

髪を飾っていた黄色の花飾りが、ゆっくりと外された。

絡まっていた髪が一瞬だけ引っ張られる。固定していたピンは頭皮をこすって抜けていき、重みが消えた。

同時に、耳と頬のそばの体温が消えた。急にまぶしくなって顔を上げると、エディークは少し後ろへ下がっている。いつのまにか進み出ていた侍女のネリアが、花飾りからピンを外す。再び花を受け取ったエディークは、目を伏せて花の香りを嗅いだ。

半ば呆然とアデリアが見ていると、エディークと目が合った。

エディークは目を合わせたまま、手に持つ花に口付ける。……ふいに指先に触れた唇の感触を思い出し、アデリアの心臓がドクンと大きく動いた。

息苦しいほど落ち着かない気分になって、一瞬目を泳がせてしまう。でもアデリアは何とか踏みとどまり、まっすぐにエディークを見上げて微笑んだ。

「エディーク。あなたのご武運をお祈りします」

少し声が震えた。たぶん気付かれない程度だろう。

アデリアは笑顔のまま、長いドレスの裾をさばいて姿勢を正す。そして改めて、貴族の令嬢らしい極めて優雅な礼をした。

エディークから手紙の内容を聞いた夜から、何度も何度も鏡の前で練習してきた笑顔と挨拶だった。

それを見つめていたエディークは、小さな花束を大切そうに手に軽く握り込み、ゆっくりと土の

上に片膝をつけた。

「――我が心は、永遠にアデリアお嬢様の元にあるでしょう。どうかお元気で」

「あなたも」

エディークは膝をついているが、騎士の礼としては完璧な姿勢ではない。足は十分に曲がっていないし、体を支えるために左手の剣を杖《つえ》のように使っている。

でもアデリアは、とても美しいと思った。

今日、初めて自然に微笑むことができた。涙は出てこない。見送りは笑顔で通したかったから、それだけはほっとした。

再び立ち上がったエディークは、領主バッシュと奥方ポリアナに最後の挨拶をし、そのまま馬車に乗り込んだ。

近衛隊の騎士たちも騎乗する。

領境まで同行するのだろう。メイリックをはじめとした領軍の騎士も騎乗して、馬の腹を軽く蹴った。

馬車の馬たちに出発の合図が送られた。蹄鉄《ていてつ》が館の前の石畳を蹴り、馬車の車輪が回る。硬い音は、やがて土の上を進む音に変わり、その頃には一行はずいぶん遠くなっていた。

じっと見送るアデリアの横に、衣擦《きぬず》れの音とともに母ポリアナが歩み寄った。

「ねえ、アデリア。本当は止めたかったのよ？　でも陛下のお誘いですからね。無理強いはできないし……」

だんだん声が小さくなるポリアナの隣に立った領主バッシュは、馬車を見つめる娘から目をそらして、重いため息をついて首を振った。

「私からも、司書としての籍は残してはどうかと勧めたのだ。残念ながら、エディークは職を完全に辞してしまったが、アデリア、そなたのことはとても気にしていたぞ。……なぁ、ポリアナ？」

「そうですわね。ですから、きっと戻ってきますよ。アデリアのために、陛下のお誘いをお断りしにいったのよ。きっとそうですわ」

「陛下や名門貴族が相手だからな。断るにしろ簡単ではないのだ。だから、永の別れのようなことを言ったのだろう。なぁ、ポリアナよ！」

「もちろんですわ、あなた！」

両親が一生懸命に話しかけてきたけれど、アデリアは微笑みを浮かべたまま黙っていた。

その目は、遠くなっていく馬車を追っていた。

馬車はやがて点のように小さくなって、いろいろなものが視界を遮った。人家が立ち並ぶ。道が曲がる。外壁が立ちふさがり、それを抜けると森が広がっているはずだ。

馬車はもう見えない。

冷たい風が吹いて、髪飾りを失った髪を乱した。それを片手でそっと撫で付け、アデリアは両親に向き直った。

「エディークに提示されたのは武官待遇の上に、スタインシーズ家のご令嬢との縁談なのでしょう？　高位の武官なら、上位貴族との縁組は重要になってくるはずです。陛下に大変な配慮をいただいているのですから、お断りはできないでしょう」

「アデリア！　そんなに卑下するものではないぞ！　そなたの持参金は別にしっかり用意しているし、東の小領地もそなたの婿に相続させるつもりでいると伝えている。確かに地位では太刀打ちできないが、アデリアというかわいい妻と小領主の地位は悪いものではないぞ！」

「お父様の言う通りですよ。それに、私の持参金もアデリアに譲るつもりでいますからね。何より、アデリアはとてもかわいいわ。エディークだって、アデリアと話している時はとても楽しそうでしたよ！」

「……そうですね。きっと大丈夫でしょう。ありがとうございます。お父様、お母様」

アデリアは微笑んだ。

本当は両親の言葉を信じてはいなかった。国王の誘いを断るはずがない。エディークは仕官を肯定した。だから両親の言葉は空々しく聞こえる。

でも、それをことさら言い立てる気にもなれなかった。

何の取り柄もない小娘なのに、両親は無条件に愛してくれている。その気持ちも、うんざりするほどの熱意も嬉しかった。

もう大人の年齢だから居心地が悪くなるけれど、それで苛立つほどではない。少し呆れるだけだ。それくらいは許してもらえるだろう。

両親に向き直ったアデリアは、もう一度柔らかく微笑んだ。

「すっかり体が冷えてしまいました。部屋へ戻ります」

「書物室には行かないのか？」

「お父様、私、最近は刺繍もしているんですよ。今日も続きをしようと思っています」

両親に丁寧な礼をして、アデリアは自室へと引き上げた。


自分の部屋に戻り、アデリアはそっとため息をついた。

両親には刺繍をしているとしか言わなかったけれど、本当はエディークへの結婚の贈り物の準備のつもりでいる。領主の娘として、あるいは妹分として、結婚のお祝いの品を準備してもいいはずだ。

どちらかと言えば、アデリアは刺繍は得意ではない。でも、ゆっくりなら歪みのないきれいな模様を描くことができる。

結婚の贈り物となると、品質も求められる。まだ時間があることを祈るのみだ。

窓辺の明るいテーブルで、アデリアは図案を考えようとした。

デラウェス伝統の模様は流行りから遠い。でも、怪我の養生中の思い出を語る糸口にはなるはずだ。贈り物に添えるカードには「エディークお兄様へ」と書けば、妹分らしく見えるだろう。末兄マイズに皆の前で手渡してもらってもいいかもしれない。

人前でかわいらしい刺繍入りの贈り物を押し付けられたら、エディークは困惑するに違いない。

そんな想像をして笑おうとしたのに、アデリアは目を伏せてしまった。

国王の母親の実家スタインシーズ家は、歴代の王妃を何人も出している名門貴族だ。その大貴族が、エディークに用意したのはどんな女性だろうか。

三十歳を超えているエディークに釣り合うような、落ち着いた大人の女性か、あるいはアデリアと同じくらいの若い令嬢か。名門の令嬢なら、立ち居振る舞いは洗練されているはずだ。軍馬に乗って浮かれるような、そんなおかしな令嬢ではないだろう。

アデリアはため息をついた。

控えていた侍女は、おずおずと声をかけた。

「お嬢様、大丈夫ですか。お顔色が……」

「あら、私は元気よ」

「でもお嬢様、ここ数日、いいえ、三日前からずっとお部屋でお過ごしです！」

「それは刺繍を始めたからよ。もともとあまり得意ではないし、久しぶりだったから上手な針の持ち方も忘れていたでしょう？　それに図案から描くのは初めてだから、緊張してしまうのよね」

できるだけ明るく、少し子供っぽく言って、困ったような顔をしてみせる。

若い侍女たちは顔を見合わせ、何度か口ごもっていたが、やがて意を決したように顔を上げた。

「私たちがいると気が休まらないのでしたら、席を外します。ですから、その、お嬢様がお泣きになっても誰も笑ったりしませんから！」

「そうですわ、お嬢様。皆はとても心配しています！」

「二人とも、心配しすぎよ」

アデリアは笑ってみせた。

そして気を揉む侍女たちを安心させるために、集中できないのを隠して刺繍の模様の下絵を描き始める。

しかし、図案を描く手はすぐに鈍っていく。

手が止まると、軍馬に乗せてくれた時のエディークの笑顔を思い出してしまう。あの時の、抱き上げられた時の浮遊感。馬の上から見たエディークの金髪。指先が一瞬触れてしまった広い肩。そういうものも次々と蘇っていく。

花飾りの香りを嗅いでいた姿や、初めてひざまずいてくれた姿も脳裏を過ぎり、思わず頬が熱くなった。

それからふと、書物室にならぶ絵物語の中に、政略のために愛する婚約者と別れた悲恋ものがあったことを思い出した。

アデリアは百合の花を表す模様を描きながら、ぼんやりと記憶をたどる。

細かいあらすじは覚えていないけれど、その恋物語の令嬢は、かつて愛《いと》しい人から贈られた品を手に、自分に向けられた笑顔を思い出して涙を流していた。

「……また足りないのね」

「お嬢様?」

「いいえ、なんでもないわ」

心配そうに声をかける侍女たちににっこり笑い、アデリアは描いたばかりの百合の模様に目を落とした。

また恋物語のような境遇になったのに、やはり悲劇のヒロインになりきれない。涙は出ないし、エディークの笑顔を思い出すような品は手元にない。

敢えて言えば、思い出の品は絵物語だろうか。

絵物語を探してもらった頃のエディークは、不思議な風体の司書だった。髪はぼさぼさでヒゲも伸びていて、大きすぎる制服は風をはらんだカーテンのようだった。

今日見送った騎士としてのエディークとは、別人のようだ。

アデリアは笑おうとした。

でも、やっぱりうまく笑えない。ため息になる。

窓の外は明るく、空にも雲は少ない。でも先ほど外で感じた冷たい風は、ほのかに湿り気を帯びていた。冬の前触れとなる雨が近いのだろう。秋の長雨が終われば、デラウェス領は本格的な冬になる。

――エディークは、雨が降る前に王都にたどり着けるだろうか。

雨の前は、傷痕が痛むと言っていた。

もしかしたら、今日も痛みを隠していたかもしれない。長時間の乗馬を避けなければいけない体なら、馬車の旅もつらいのではないだろうか。今日の顔色はどうだっただろう。そこまでよく見ていなかった。

いつもそうだ。いつも気付くのが遅い。気が利かない。

自己嫌悪で頭が重く感じる。

アデリアは深呼吸をして底なし沼のような自己嫌悪を振り払った。それからテーブルの上の糸束を手に取り、侍女たちを振り返る。

「とてもきれいな色ね。この糸を使ってみたいわ。どうかしら」

「は、はい。それならば、こちらの赤い色も一緒に使うと映えるのではないでしょうか」

アデリアの明るい声に押されるように、若い侍女たちは用意していた刺繍用の糸を並べていった。

第五章　春を告げる風

まだ冷え込みが厳しい中、太陽の光だけは一足早く春めいていた。

光はデラウェスの領主館の中にも差し込む。そんな明るい一室で、奥方ポリアナが何かを書いていた。

時折手を止めて、窓の外を見ながら真剣に考え、すぐにまたペンを持って細かな文字を綴っていく。大きな紙は文字で埋め尽くされて、すぐに新しい紙へと続いた。

執務室から戻ってきたバッシュは、真面目な表情で机に向かっていたかと思えば、急に笑顔になって書きかけの手紙を読み返している妻の様子に、密かに戸惑っていた。

声をかけてよいものかとしばらく悩んでいたが、ついに不審の念を抑えきれずに身を乗り出した。

「ポリアナ。とても楽しそうだな。いったい何を書いているのだ?」

「何って、もちろん手紙ですわ、あなた」

「手紙をそんなに真剣に……というより、楽しそうに書いている姿は初めて見るぞ」

「そうでしょうね。あなたへの恋文でも、こんなに真剣に書かなかったし、こんなに心が躍らなかったと思いますもの」

そう言うと、ポリアナはくすくすと笑う。

その間も手は動き続けていた。

好奇心に負けて、バッシュは妻の後ろに立って覗き込む。ポリアナもそれを咎《とが》めない。そうしているうちに、ついに書き上がったようだ。結びの文章をさらりと書いて手を止める。

そして座る位置を変えて、改めて夫が見やすいように手紙を置き直した。

「どうかしら？」

「どうと言われても、これと言って特には……いや待て。これはもしや……」

眉をひそめ、バッシュは数枚に及ぶ手紙を手に取った。

改めて冒頭から読み直して、その内容に困惑を隠せない。白髪が目立つ黒い髪を撫で付けつつ、首を傾げた。

「ポリアナ。よく書けていると思うが、この手紙の意図はどこにあるのだ？」

「それはもちろん、大切なアデリアのためですわ」

ポリアナは笑みを消して、ほうっとため息をつく。

しかし夫を振り返った顔は、強い意志のせいで目尻が吊り上がって見えた。

「かわいそうなアデリアのために、最後の賭けに出てみようと思いますのよ」

「そうか。……しかしだな、この手紙を読むと、まるでアデリアが……」

「もちろん、そのように誤解してくれなければ困ります。王都のマイズにも協力してもらっていますもの。これを読んだあの人は、どう受け取ってくれるかしら？」

「それは、アデリアをよく知る者なら間違いなく……とは思うが。うむ、しかし……」

真剣な表情の妻に押され、バッシュは言葉を濁してうなる。何度も口を開き、何か言いかけるがうまくいかないらしい。やがて諦めたように妻に手紙を返した。

心中が複雑そうな夫を見上げ、ポリアナは表情を緩めてにっこりと笑った。

◇

小卓用のテーブルクロスに施す刺繍が完成した。

これで八枚目だ。

どんな模様がいいか迷った末に、練習として小さな作品を幾つか作ってみることにした。

あくまで、とりあえずの練習のつもりだった。

なのにアデリアの手は今までにないくらいによく動いて、気が付くと小さなテーブルクロスが次々に完成している。

「……これは、逃避かしら」

完成したテーブルクロスをずらりと並べ、アデリアはふうっとため息をついた。

エディークが王都へ旅立って、半年が過ぎた。

末兄マイズからの手紙によると、エディークは王国軍の騎士というより国王の近侍として忙しい日々を過ごしているらしい。

そんなエディーク宛てに、アデリアは月に一度手紙を書いている。

内容はデラウェスの他愛のない日常で、エディーク宛てではあるけれど、マイズに宛てて書くくらいの気持ちを心がけてきた。

デラウェス家のアデリアは、妹分でなければいけないのだ。

手紙は、いつもマイズ宛ての荷物の中に一緒に入れてもらっている。きっとマイズが直接手渡してくれているはずだ。

冬になってすぐの時は、雪が降ったことを書いた。

寒さが厳しくなると、領軍が寒中訓練を行ったことと、メイリックがとても張り切っていたことを書いた。

先々月は、嫁いでいた従姉妹たちが領主館に集まる機会があったことや、絵物語を賑やかに読み合ったことを書いた。

先月は、春の前触れとなる長雨のことを書いた。

そろそろ今月分の手紙を書く時期になっていて、何を書こうかと悩んでいる。話題が尽きてしまったら、何枚も完成しているテーブルクロスのことを書くしかない。

アデリアは定期的に手紙を書いてきたけれど、エディークから返事が来たことはない。返事は不要だといつも書き添えているから当然だ。

代わりに、マイズがエディークの近況を書き送って来るようになっていた。もともとが筆不精な末兄だから、本当に時々でしかないけれど。

エディークの近況を聞くと、しばらく落ち着かなくなる。そんな時は刺繍をするようにしてきた。ぼんやりしないように、つまらないことを考え始めないように、とにかく模様を作ることだけに集中した。

おかげで刺繍作業は早く進み、仕上がりも上々だ。これから大きなテーブルクロスに取り掛かるとしても、今まで完成させたものを贈り物に加えても大丈夫だ、と刺繍の先生は太鼓判を押してくれた。

せっかくだから、もっと広い範囲に描き出してもいいかもしれない。

おしゃべりしながらの作業は得意ではないし、集中しないときれいに仕上がらない。余計なことを考えないようにするためにも、もっともっと刺繍を続けたい。

たくさん色を使って複雑な模様を描いてみよう。立体感が出て面白いはずだ。今まで選んだことのない模様にも挑戦してもいいかもしれない。

アデリアが刺繍糸を並べて考えていると、開け放った窓から、複数の馬の嗚き声が聞こえた。その直後から、領主館の内部が急に騒がしくなったようだ。

「今日は特に予定はなかったはずだけれど、もしかして急なお客様かしら？」

「何があったのか、見てまいります」

オリガが様子を探るために素早く部屋を出て行った。

もう一人の侍女ネリアは、いつ人前に出てもいいように、長く垂らしているアデリアの髪を軽く整える。

風に吹かれていたせいか、出来上がったテーブルクロスを見ていただけなのに、癖のある長い髪はもうふわふわと広がっていた。

日が当たらない廊下は、室内より寒い。父バッシュの部屋に呼ばれることがあれば肩掛けを用意してもらおうと考えていると、廊下で慌ただしい足音がして、扉が乱暴に開く。

様子を見に行ったばかりのオリガだった。

「お嬢様！　すぐにいらしてください！　もちろん危険なことではありません。でもお急ぎください。お客様をすぐにお迎えに行きましょう！　ああ、でも、ここで待っていたほうがいいのかしら!?」

「オリガ、落ち着いて。私はお客様のお迎えに行くほうがいいの？　ここで待っているべきなの？　普段着のこの格好でも失礼にならないのね？」

足音を立てて廊下を走ることも、扉を乱暴に開くことも、興奮したようにアデリアを急《せ》き立てることも、全てオリガらしくない振る舞いだ。

珍しいこともある。そう思わず微笑みながら立ち上がった時、部屋の扉を叩く音がした。

「誰かしら」

アデリアは扉を振り返る。しかし入室を許す声をかける前に、オリガが扉へと走っていた。かと思うと、扉に耳をつけるようにして、外の音に耳を澄ましている。

初めて見る様子に、アデリアは呆気《あっけ》にとられた。

オリガは全く気にしていない。廊下の様子を把握したのか、満面の笑みを浮かべ、主人の意思を無視して扉を一気に開けた。

「どうぞお入りくださいませ、お客様！」

「……これは、侍女殿」

扉の向こうにいた人は、いきなり大きく開いた扉に驚いたようだった。しかしアデリアは……その低いつぶやきに身を硬くした。

聞き覚えのある声だった。

意気揚々と扉の前から退くオリガの向こうに、背の高い男性が見えた。腰には剣があり、右の目元は黒い幅広の眼帯で隠れている。

廊下の窓から吹き込む風が、明るい色合いの金髪を揺らしていた。

アデリアは瞬きをした。

幻を見ているのだろうか。でもそこに立っているのは間違いなくエディークだ。

アデリアと目が合ったエディークは、なぜか驚いたように群青色の目を見開いた。探るようにアデリアを見つめ、それから足を踏み出して、扉口に手をかけながら室内をぐるりと見回す。

明るい室内の隅々に目を向け、テーブルの上に広げられている何枚もの華やかなテーブルクロスに目を止める。

やがてエディークはアデリアに目を戻し、姿勢を正した。

「さあ、お嬢様！」

アデリアにストールを掛けたネリアは、笑顔で促す。

その声で、ようやくアデリアは我に返った。

こっそり息を吐いてから、エディークのほうへと歩いていく。エディークは扉口のところで立ったままだった。

足を止めて見上げると、エディークはふと微笑んだ。その優しげな表情に心臓が急に高鳴る。それを隠してアデリアは笑顔を作った。

「驚いたわ。お久しぶりね、エディーク。いつこちらへ戻ってきたの？」

少し離れたところから、できるだけ以前と同じ対応になるように敢えて砕けた口調で話しかける。

エディークは微笑むアデリアをじっと見ていたが、やがて目を伏せて小さく息を吐く。それから改めて顔を上げ、恭しい礼をした。

「デラウェスには先ほど到着したばかりです。……恐れながら、アデリアお嬢様はお元気そうに見えます」

「ええ。この通り、とても元気よ」

少しおどけて、踊るようにその場でくるりと回る。

長く垂らしたままの髪がふわりと広がり、アデリアの視界を妨げる。一回りして髪が肩や背中に戻った時、正面に立つエディークの青い左眼はアデリアを見つめていた。そのことに気付いて、なぜか動揺する。

心臓がまた忙しく弾む。

急に逃げ出したい衝動に襲われ、アデリアはごまかすために少し困ったような顔をしてみせた。

「今日は普段着のままなの。あまり見ないでくれる？」

「失礼しました。ただ……以前と変わらずお元気なご様子なので、安心しておりました」

「さっきも言った通り、私はとても元気よ？　お父様もお母様もお元気ですし……」

そう言いかけて、アデリアは口を閉じる。

エディークは目をそらしていた。なぜか困ったような、どこか自嘲するような苦笑を浮かべている。

どうしたのだろう。

それに、突然の再会に驚いてすっかり忘れていたけれど、エディークがアデリアの私室を訪れたのは初めてだ。

デラウェス領はおおむね平和だった。でも、王都の方で何か大変なことがあったのだろうか。アデリアは小さく眉をひそめた。

「もしかして、王都で何かあったの？」

「いいえ。なにも。……そういえば私も、アデリアお嬢様を訪問する姿ではありませんでしたね。大変失礼しました」

そう言われてみれば、エディークは旅装のままだ。

それも、かなり土埃で汚れている。

「構わないわよ。それだけ、デラウェスに着いてすぐに来てくれたのでしょう？　でもびっくりしたわ。エディークとこんなにすぐにまた会えるとは思わなかったんですもの。ああ、でもすぐと言っても、もう春ですものね。あれから半年くらい経っているから……」

「アデリアお嬢様」

エディークはあからさまに言葉を遮った。

司書として対応していた時には絶対にしなかったことだ。アデリアが驚いて口を閉じると、まだ扉口に立っていたエディークは、ゆっくりと室内に足を踏み入れた。

近付くにつれて、衣服の汚れがはっきりと見えるようになった。

馬車での旅でこんなに汚れるものだろうか。思わず首を傾げながらエディークと目を合わせようとすると、自然と少し上向きになる。

やはり背が高い。

改めてそう思う横で、侍女たちは気配を消して素早く壁際へと移動していく。それをチラリと見てから、エディークは口を開いた。

「……実は何日か前に、デラウェスからの手紙を受け取りました」

「手紙？　今月はまだ書いていないわよ？」

アデリアは戸惑いながら首を傾げる。

エディークはわずかに微笑み、言葉を続けた。

「お嬢様からの手紙ではありません。奥方様からの手紙です」

「あら、お母様もエディークに手紙を出していたの？」

「初めていただきました。正直驚きましたが、内容はごく普通の季節の挨拶から始まって、デラウェス領での出来事が実に細やかに書かれていました」

「もうお母様ったら、そんななんでもないお手紙をどうして出したのかしら」

「確かに、なんでもないことばかりと言えばその通りですね。でも……懐かしい気分になりました。私が離れている間のこちらの様子が全て目に浮かぶような、とても楽しい手紙でした」

エディークは土埃で汚れた手袋を外し、アデリアの手を取った。

わずかに腰を屈め、アデリアの目を覗き込むように見つめながら指先に口付けをする。唇が触れた瞬間にアデリアの手が震えても、決して目をそらさなかった。

「その手紙の最後に、お嬢様のことにも触れていました。冬が終わったのに冷える日が続いたせいか、自室から出られないようだ、と」

「……え？」

アデリアは首を傾げた。その書き方では、まるでアデリアが寝込んでしまったようだ。

「確かにお部屋にいる日が多かったけれど、それは刺繍をしていたからよ。病気をしたわけではないわ」

「そのようですね。しかし、先月はお嬢様からの手紙は届かなかった。だから私は……要するに、奥方様の計略に引っかかったようです」

「待ってちょうだい！　私、先月も手紙は書いたわよ。雨が続いて春が近そうだって。マイズお兄様が渡すのを忘れていたのかしら。それに、お母様の計略ってどういうこと？」

手を取られていることを一瞬忘れ、アデリアは目を見開く。エディークは両手で細い手を包み込んで微笑んだ。

「先月も書いてくださったのですね。でも、私のところには届きませんでした。マイズ様も、あなたからの手紙はないと言っていました」

「マイズお兄様への荷物に入れたのに。途中で紛失したのかしら」

「届いていたとは思いますよ。……今思えば、マイズ様は私と目を合わせませんでした。あれは嘘をついていたためでしょう。それに奥方様からの手紙にも、あなたが病気とは一言も書いていませんでした。もちろん領内で悪い風邪が流行っている地区があると書いていただけで、それを私が勝手に誤解した。もちろん奥方様は誤解させようとしたはずです。おそらく、マイズ様を巻き込んで」

「……ごめんなさい。お母様がまた余計なことをしたのね！」

「奥方様は悪くありません。私が勝手に誤解し、あなたのことが気になってこの地に戻ってきたのですから」

「……えっ……？」

戸惑うアデリアの手に、エディークはもう一度唇を押し付ける。

先ほどのような指先への口付けではなく、今度は手の甲に長く触れていた。

軽く吸い上げられた気がして、アデリアはひどく混乱した。しかし取り乱す前に、エディークは手を離してくれた。

ふうっと息をついたエディークは、数歩下がって壁に手をつく。

よく見ると、とても疲れているようだ。顔色も良くない。そう気付いて、アデリアは慌てて侍女たちを振り返る。オリガはすぐに椅子を運んだ。

「ありがとうございます。……さすがに、少し無理をしてしまったか」

崩れるように椅子に座ったエディークは、長々とため息をついて目を伏せた。

うつむいて膝や太腿《ふともも》のあたりをさすり、さらに何度か深い息を吐く。顔の表情も硬い。強い痛みがあるのかもしれない。

「あの……大丈夫？」

心配になったアデリアは、そばに立ってそっと聞く。

もう一度深く息を吐き、エディークはわずかに微笑みながら見上げた。

「大丈夫です。……冷静になれずに騙《だま》された私は愚か者だが、あなたがお元気だったのならそれでいい。本当によかった」

もう一度足をさすり、エディークはゆっくりと立ち上がった。

顔色は良くないものの、立ち上がるとやはり威圧感があった。

「突然押しかけてしまい、大変失礼しました。また日を改めてご挨拶に伺います」

騎士らしい恭しい礼をして、部屋を出ようと背を向ける。

うっすらと土埃で汚れた広い背中を見た瞬間、アデリアは込み上げるような焦燥を感じて、思わず一歩前に出ていた。

「待って！　エディークは……いつまでデラウェスに滞在できるの？」

ためらいながら声をかける。

振り返ったエディークは、穏やかに微笑んだ。

「それは、お嬢様のお望みのままに」

エディークが司書だった頃に、よくアデリアが聞いた言葉に似ている。

でも今日は、その頃より声が低いように聞こえた。まるでささやくようで……なんだか甘く響く。

急に心臓の動きが慌ただしくなり、頬が熱くなる。

しかし、再び背を向けたエディークの足取りを見て、アデリアはすぐに我に返った。以前より重いように見える。歩調もゆっくりだ。

廊下に出ると、エディークの背中がわずかに揺れた。すぐに旅装の従者が駆け寄ってきて、肩を貸すようにして体を支える。その従者の旅装も土埃で汚れていた。

アデリアは動揺しながら廊下に出た。

知り合った頃のエディークは、ゆっくりとしか動けなかった。でも、いつも一人で歩いていた。歩く時に支えられる姿なんて、初めて見た。

二人の後ろ姿を呆然と見送って、足を引きずる音の中に軽い金属音が混じっていることに気が付く。

水をはねた跡のある汚れた長靴に目を落とすと、踵に金具がついていた。驚いて目を凝らしている間に、二人の姿は階段へと向かって見えなくなる。

しかし、踵の金具の形ははっきりと見えた。見間違えることはない。アデリアは騎士となった兄たちを見ながら育ったのだから。

「……あれは乗馬用の拍車だわ。もしかして……エディークは馬に乗って来たの……？」

誰もいなくなった廊下に立ち尽くしながら、アデリアはつぶやいた。

◇

刺繍針を手にしながら、アデリアはそっと欠伸をした。

欠伸の原因は睡眠不足だ。

エディークが突然戻ってきたのは、もう五日前のこと。

あの日から、アデリアは寝台に入ってもよく眠れないままの日々を過ごしている。眠ろうとしても、いろいろなことが頭の中で渦巻いて寝付けないのだ。

こうして明るい部屋に座り、春らしく心地好い風を感じていても、積み重なった眠気はなかなか消えてくれない。

「……ねえ、オリガ」

「はい、なんでしょうか。お嬢様」

「日を改めるって、普通はどのくらい後のことなのかしら。あれから、もう五日も経っているのに……いいえ、なんでもないわ」

侍女たちがくすくすと笑い始めたので、アデリアは慌てて首を振って口を閉じる。それからため息をついて針を持ち直したが、先ほどから刺繍の模様は少しも増えていない。

諦めて針と刺繡中の布を片付けようとした時、父バッシュからの使いが部屋を訪れた。すぐに来るようにとの伝言だ。

部屋を出たアデリアは、こっそり欠伸を嚙み殺しながらバッシュの私室へ向かう。

しかし、両親しかいないだろうと思い込んでいたら長兄バラムもいる。慌てて背筋を伸ばした。

バッシュは末娘に椅子を勧め、バラムにちらりと視線を向けてから口を開いた。

「アデリアに聞きたいことがある。エディーク殿のことだが……」

父バッシュの言葉に、アデリアは表情を変えないように気を付けながら瞬きをした。

眠気は完全に飛んでしまった。

「アデリアは、彼から手紙などを受け取っていないか？」

「いいえ、何も。……その、エディークはまだデラウェスにいますよね？」

「もちろんだ。しばらく滞在したいと言っていたゆえな。まさか、何も聞いていなかったのか？」

「……はい」

半ば呆然としつつ、アデリアは小さな声でつぶやいた。

どうしていいかわからなくなったアデリアは、思わずバラムを見る。救いを求めるような妹の視線に、バラムはわずかに眉を動かした。

ポリアナだけは、ずっとにこにこと微笑んでいる。まるで全てを承知しているようだ。

本当に全てお見通しなのならば、せめてエディークが滞在中ということだけでも教えてくれればよかったのに。アデリアは心の中で母への不満をつぶやいた。

この五日間、ずっと気になっていた。

旅装のまま部屋まで来たエディークの意図とか。

ずっと顔を見せてくれないのは、体調が悪化したからではないか、とか。

……もしかしたら、エディークはもうデラウェスを離れ、王都に戻ったのではないか、とも考えた。

いろいろ不安で、彼のことが心配で、かすかな希望にすがって期待していいのか、ただの思い上がりなのかと気持ちが揺れていた。眠ろうとしても眠れなくて、どうしようもなかったのに。

そんな妹の表情に気付いたのだろう。バラムが口を開いた。

「エディーク殿のことだが、一時的に体調が良くなかったようだ。杖をついていたからな。だが彼は騎士で、体は頑強だ。顔には出さなかったし、後を引くものでもなかったと聞いている」

本当にそうなのだろうか。

では、なぜ五日も会いに来てくれなかったのだろう。

不安の消えないアデリアをなだめるように、頭に手を置いたバラムはそっとささやいた。

「大丈夫だ。エディーク殿は待っていたようだから」

「……何を待っていたのでしょう？」

「さて。だが、その待ち人は今朝方に到着したようだ。だからもうすぐだ」

よくわからない。何を待ち、誰を待っていたというのだろう。

アデリアはそっと兄を見上げた。同じ色合いの薄い水色の目は、ほんのりと優しかった。

だから、アデリアはそっと息を吐いた。

バラムが何を言おうとしているのか、よくわからない。でも長兄が大丈夫だと言うのなら、きっとそうなのだ。今までずっとそうだったから、今度も大丈夫なのだろう。

いつの間にか硬くなっていた肩から力を抜いた時、扉を叩く音がした。

入ってきたのは家令だった。

普通の使用人ではない。領主の代理も務め、デラウェスの政務官をまとめるのが家令という地位だ。そんな家令が領主の私室に来たということは、ただの雑事ではない。

バッシュは父親の顔から厳しい領主の顔になった。

「何事だ?」

「お待ちかねの方々がお見えになりました。おそらく、そういうことなのだろうと思われます」

「もしかして、エディーク?」

アデリアは立ち上がった。

驚いたようなバッシュの顔も、眉をひそめるバラムの視線も、まあと小さく声を漏らしたポリアナのことも気にならない。

身を乗り出してくる領主の末娘に、いつもは厳格に仕事をさばく家令が優しい顔で微笑んだ。

「エディーク・カルバン様ですよ。アデリアお嬢様」

「ありがとう!」

アデリアは両親や兄への挨拶も忘れて、走るように部屋を出た。

背後から誰かの声が聞こえたけれど、足を止めない。侍女たちも慌てて後を追うが、すぐには追いつけなかった。

階段を下りて行く途中で、鮮やかな金髪の人物が見えた。

どうやら応接室に案内されているらしい。そう見てとったアデリアは、階段を一気に駆け下りた。

「エディーク！」

「これは、アデリアお嬢様」

名を呼ぶと、その人物は足を止めてゆっくりと振り返った。

顔の右半分をほとんど覆い尽くす黒い眼帯と、濃い青色の目が見えた。口元は微笑んでいる。顔色は悪くない。体調は良さそうだ。

ほっとしたアデリアは、微笑み返しながらそばへ行こうとして、そのまま立ちすくんだ。

そこに立っているのはエディークだ。なのに、まるで見知らぬ人のようだ。

五日前に訪れた時と同様に、腰に剣を帯びている。

しかし、その他の服装がまるで違う。

きっちりと櫛を入れた金髪は、華やかな飾り紐《ひも》で束ねられていて、貴族の証である耳飾りがはっきりと見えている。着ている服は貴族の正装で、肩から胸を飾る金の装飾品にはカルバン家の紋章が輝いていた。

書物室を整えていた司書には見えない。

王国軍の上級騎士というのも違う気がする。敢えて言うなら「北の領主貴族カルバン家の子息」

というべき洗練された貴族の姿だ。穏やかな微笑みはいつも通りなのに、アデリアは気楽に声をかけるのをためらってしまった。

それに、案内されていた客はエディークだけではなかった。

もう一人いる。

帯剣していないから護衛ではない。身なりがとてもいいから従者でもない。年齢は三十代半ばくらいだろうか。エディークより少し年上の男性で、興味深そうにアデリアを見ていた。

目が合うと、にっこりと笑った。その笑顔はどこか既視感がある。それに……とても鮮やかな金髪だ。

「やっと追いついたぞ。アデリア」

「バラムお兄様」

階段を早足で駆け下りてきたバラムはため息をつき、困惑しながら見上げる妹に素早くささやいた。

「家令は『エディーク・カルバン』と言っただろう?　つまりはそういうことなのだよ」

「……あ、そういえば……」

「それを教えようとしたのに、そなたは思っていた以上にお転婆だな」

「……申し訳ありません」

少ししょんぼりとしたアデリアから目を離し、バラムは客人たちを見やって独り言のようにつぶやいた。

「もう一人は……あの容姿を見る限り、今朝到着した『待ち人』だろう」

アデリアは、はっとして兄の視線をたどって客人たちを見た。

エディークは微笑んでいた。しかしもう一人の同行者を振り返った時は、口元に苦笑が過ぎる。

その苦笑はすぐに消え、改めてアデリアに丁寧に礼をした。

「お嬢様。先日は突然の訪問の上、見苦しい姿を見せてしまい失礼しました」

「それは構わないわ。……それより、体の調子はどうなの？　とても疲れが出ていたようだったから、心配していたのよ」

「万全ではありませんが、特に問題はありません」

「本当に？」

「この通り、今日は支えなしで歩いています」

そう言うと、エディークはアデリアの前へと移動して、恭しくその手を取って軽く口付けした。

わずかに足の引きずり方が大きい気はしたけれど、動きに不自然さはない。手を取った動きは滑らかで、近くで見上げても顔色や表情におかしなところはなかった。目元がくぼんで見えたりはしていないし、年齢以上に老けて見えることもない。

ほっとして無意識のうちに微笑む。さらにエディークに話しかけようとした時、バラムが軽く咳払いをした。

アデリアは、はっと振り返った。

この場にいるのは、エディークだけではなかった。長兄も使用人たちもいるし、初対面の客人までいる。エディークに手を取られたままであることも思い出して、急いで手を引っ込める。

あっという間に離れてしまった手を目で追ったエディークは、わずかに苦笑していた。しかしすぐに真顔に戻ると、バラムに恭しい礼をする。

それに軽い頷きを返し、バラムはもう一度咳払いをした。

「ここでの立ち話は少し冷える。アデリア、応接室へご案内を」

「は、はい」

やや上ずった声で返事をし、アデリアは応接室まで先に立って案内をした。

途中でちらりと振り返る。後を歩くエディークの様子に変化はない。体調は悪くなさそうだ。ほっとしたアデリアは微笑むが、バラムの視線を感じると慌ててまた前を向いた。

応接室に入って間もなく、領主夫妻も現れた。

エディークを見て笑顔になるが、もう一人の客人に気付くとわずかに眉をひそめる。しかし、バッシュは面識があるようだ。妻ポリアナに目配せをし、ポリアナもそれだけで察したように小さく頷いた。

アデリアも、もう一人の客人を改めて見た。

エディークの隣に座っているけれど、席次としてはエディークより上。下座に座ろうとしたのを、苦笑したエディークが上座を勧めていた。身を飾る装飾品もエディークのものより豪華だ。ゆったりと座る姿はくつろいでいる。同時に、人を従わせることに慣れた人特有の威厳があった。

顔立ちと雰囲気は、エディークにどことなく似ている。

血縁者――たぶんエディークの兄だろう。装飾品も領主の地位を示すもののはずだ。ということは……エディークが苦笑混じりに話してくれた長兄ではないだろうか。

アデリアはエディークに視線を戻す。

エディークは、小さく咳払いをして隣に座る人物を紹介した。

「我が兄、カルバン家の当主レナルです」

「カルバンの領主殿とは一度お会いしたことがある。こうして見ると、エディーク殿と似ているな。まさか、我がデラウェスに来ていただけるとは思いませんでしたよ」

「かわいい弟から手紙をもらいましたのでね。いてもたってもいられなくなって、ついつい来てしまいました。デラウェスのことは弟から聞いていましたが、実に良い地だ」

バッシュが話しかけ、レナルも笑顔で応じた。ポリアナはニコニコと楽しそうに笑っている。バラムだけは、いつも通りの冷ややかな目でカルバン家の兄弟を見ていた。

領主同士の会話は和やかだった。レナル・カルバンにデラウェスを軽んじる雰囲気がないからだろうか。型通りの内容なのに、居心地の悪さは感じない。

でもアデリアは目を伏せていた。

目を上げると、見慣れない姿のエディークが見えてしまって、妙に落ち着かなくなってしまうから。

なぜ忘れていたのだろうか。

エディークはずっと前からカルバン家の三男と名乗っていたのに。

デラウェス家で言えば、末兄マイズと同じだ。いや、カルバン家ではエディークの長兄レナルが領主の地位を継いでいるようだから、より地位が高い。

それに、カルバン家は大領主の中でも広大な領地を持っている。領内には名高い商都もある。家格は同等でも、王宮から見ればデラウェスより上位にあるはずだ。

そんな人だから、王国軍の騎士であることはあっても、他家の領主館で司書をやっていたことがおかしかったのだ。

書物室に馴染んで、小娘にもかしずいてくれたから、アデリアはすっかり忘れていた。

そっと目を上げると、エディークはバッシュと話をしていた。

見栄えがしないと思った過去が嘘のようだ。今日のエディークは貴族そのものだ。かつて戦士階級だった名残を色濃く持った、猛々しく堂々とした貴族以外の何者でもない。

ふとエディークの左目が動き、アデリアへと向いた。

アデリアはすぐに目を伏せる。でもその前に、エディークが驚いたような顔をしたのを見てしまった。

きっと、自分は拗《す》ねた子供のような顔をしていたのだ。それが無性に恥ずかしかった。

「さて、前置きはここまでとしよう。……本題を聞こうか」

ごく気楽な口調を装い、バッシュがそう切り出した。ポリアナが軽く座り直してスカートの裾を整えるふりをする。

エディークが目を向けると、レナルは真面目な顔になって頷く。急に引き締まった空気に、アデリアはぎゅっと手を握りしめた。

「まずはご報告を。……王宮でいただいた武官の職は、返上しました」

「えっ？　いったいどういうことなの？　国王様のお声掛かりの仕事をやめるなんて、そんなことあり得ないわ！」

「アデリア、落ち着きなさい」

驚いて顔を上げたアデリアに、バラムはささやく。いつも通りの静かな長兄の声に、アデリアは何とか口を閉じる。そして唇を噛み締めてエディークの言葉を待った。

「お嬢様のお言葉通り、あり得ないことです。陛下よりいただいていた恩賞を返上する覚悟でいました」

「そんな、エディーク！」

「……まあまあ、話は最後まで聞こうではないか。エディーク殿の用件は、それを我らに報告するだけではないのだろう？」

思わずアデリアは悲鳴のような声をあげてしまったのに、他の人はそれほど驚いていなかった。バッシュはやや目を見開いたが、娘をたしなめる余裕はあった。その様は領主というよりただの父親だ。バラムは眉をわずかに動かしただけだし、ポリアナに至っては、より笑顔を深くするばかり。

ぎしり、と音がした。

エディークがゆっくりと立ち上がっていた。そして椅子から離れ、デラウェスの領主一家から少し離れた場所で姿勢を正し、深く恭しい礼をした。

「アデリアお嬢様への求婚をお許しいただきたい」

「エディーク！」

頭を垂れたままのエディークに、アデリアはさらに驚いて立ち上がりかけた。

しかし、いつの間にかバラムが後ろに来ていて、肩に手を置いていた。痛くはないが、押さえられていて動けない。仕方なく再びすとんと座った。

それでもなお不満を抑えきれず、長兄とエディークを交互に見る。そんな妹に、バラムは冷ややかだが、どこか優しい眼差しを落としている。

ポリアナがそっと夫を促す。バッシュは仰々しい咳払いをした。

「エディーク殿の意思は理解した。しかし、国王陛下や、兄君のご意向はどうなっているのかな？」

「私に異論はありません。エディークは三男。私が弟に何かを約束してやることはできない。かと言って、王宮にたむろする権力好きどもにくれてやる気もなかった。その点、デラウェスのご令嬢は良いお嬢さんだ。他地域の領主と交流を深めることは悪くないし、古豪デラウェスには以前から興味がありました。つまり大賛成ですよ！」

一気に言い放ったレナルは笑顔だ。

ちらりと兄を見たエディークは、密かにため息をついたようだ。しかしすぐに真顔に戻した。

「陛下からも、この通り、辞職については咎めないとのお言葉を頂戴することができました」

エディークは書状を差し出した。

それを、領主らしい厳しい顔のバッシュが受け取り、ざっと目を通す。じっくりと二度読み直してから、アデリアの肩に手を置いている息子に目を向けた。

「バラム。我が息子よ。ここはどう返事をするべきかな？」

「私としては、遅すぎるとしか思えません」

「さすが我が息子だ。気が合うな。実は私もそう思っている。……しかし、アデリアはエディーク殿と話をしたいようだな」

「当然です！」

アデリアは、つい大きな声を出してしまった。

長兄の手が肩に乗っていなかったら、また立ち上がろうとしていただろう。

そうしなかったのは、立ち上がりそうになった瞬間に、肩をとんとんと指先で叩かれたからだ。

それで少し落ち着いた。

ふうっと息を吐き、アデリアはエディークを見た。

エディークは頭を垂れたままだ。視線を下げ、バッシュの返答を待っている。

バッシュは妻に目配せをした。ポリアナは笑顔で頷く。

咳払いをして表情を改めたバッシュは、領主らしい堂々たる動きで立ち上がり、まだ深々と頭を垂れているエディークの肩を叩いた。

「エディーク殿。我らは、貴殿のことは以前からアデリアの婚約者と思っていたぞ。カルバン家との縁組はこの上ないと思っているし、兄君も賛成ならば不安はない。国王陛下についても、恩賞の返上は避けられそうだ。断る理由はないな」

「お父様！」

「ただし、アデリアを納得させるように。我らはここで話し合うことがあるゆえ、二人だけでゆっくり話をするがよかろう。今なら書物室が空いているはずだ。アデリアも、いいな？」

「……わかりました。では、書物室にまいりましょう」

アデリアは立ち上がった。

今度はバラムも止めなかった。肩から離した手を頭に移して、ふわりと広がる黒髪を優しく撫で付ける。

アデリアが長兄を見上げると、バラムは力付けるように軽く頷いてくれた。

ふうっと息を吐いたアデリアは、背筋を伸ばしてまっすぐにエディークを見る。

見慣れない貴族的な姿にも、もう気後れはしない。

目が合うと心臓が跳ね上がったけれど、それでも群青色の左目をまっすぐに見ることができた。

姿勢を戻したエディークは、口元に微笑みを漂わせる。早足で部屋を出るアデリアの後を、ゆっくりとした歩みで追って行った。


アデリアにとっても、書物室は久しぶりだった。

新しく雇われた司書もきれい好きらしい。以前と変わらず隅々まで清掃が行き届いている。

アデリアの訪れを知って、急いで顔を出した壮年の司書は、侍女たちの目配せを受けると、そそくさとどこかへ出て行った。

「……それで、どういうことなのか説明してくださる？」

アデリアはくるりと振り返り、懐かしそうに周囲を見ているエディークを睨みつけた。

「職を返上したなんて、いったいどういうこと？　それに、私に……その、求婚って、どういうつもりなの？」

「そのままですよ。奥方様からの手紙を読んで、王宮での地位など無意味だと気付いただけです」

「エディーク、真面目に答えてよ！」

「真面目にお答えしています。王宮で権力に近寄るより、あなたのおそばで、堅実な騎士領主を目指すほうが圧倒的に魅力的だと悟ったのです」

「だから……そんな冗談は……」

「冗談ではありませんよ。お嬢様からの手紙が届かなくなって、奥方様の手紙でご病気かもしれないと思ったら、すぐにおそばに行きたくなったのです。一応、一晩は悩みました。しかし結論は変わらなかった。翌朝に陛下に辞職を申し出て、実家の兄にデラウェスのご令嬢に求婚してもいいかと手紙で伺いをたて、返事も待たずにここに来てしまいました。……さすがに、馬でここまで駆けてくるのは無謀でしたが」

エディークは苦笑した。

アデリアは最初の勢いを失って目を泳がせる。何度も瞬きをし、深呼吸をして落ち着こうとしていた。

「でも……スタインシーズ家との縁談は……？」

「領主様から聞いていませんか？　仕官はしましたが、縁談は最初からお断りするつもりでした」

「……あなたの話は聞かないようにしていたから、知らなかったわ」

「そうですか。だが、その潔さがお嬢様らしくもある」

エディークは一瞬だけ驚いた顔をしたが、アデリアを見つめる顔は優しい。

しかし、丁寧に撫で付けていた金髪を無造作にかきあげると、司書だった頃にはあまり見せなかった、どこか不敵な笑みを浮かべた。

「王都では、かなり有名になっていましたよ。かつては誉れ高き上級騎士隊長だったカルバン家の三番目が、年若い令嬢を見初めた末に、ただの腑抜《ふぬ》けに成り果てている、と」

「腑抜けなんて、そんな、早く訂正しなければあなたの名誉に関わるわ！」

「訂正するつもりはありません。噂は辛辣だが事実です。……月に一度届くあなたからの手紙を、人目をはばからずに楽しみにしていましたからね」

エディークはわずかに口元を歪める。群青色の目は、まっすぐにアデリアを見つめていた。

アデリアは、急に息苦しくなった。

でも……鋭い目に熱のような感情がこもっていくのを、その目が自分を見つめてくれるのを、ずっと見ていたいと思った。

「申し上げたはずです。私の心はお嬢様の元にある。あなたを得るためなら、出世も名誉も、騎士の誇りすら捨てられる。今の私はそういう見苦しい男です。……それとも、こんな年寄りはお嫌いですか？」

「そんなこと、私は……」

言葉に詰まったアデリアは、一瞬だけ目をさまよわせ、そっとエディークを見上げた。

嫌いなわけがない。

エディークのことを年寄りと思ったこともない。素顔を知らない頃に、父親くらいの年齢だろうと誤解していたことがあっただけだ。ずっと年上の、追いつけない大人だと思っていた。

年齢を言うなら、アデリアが子供すぎるのだ。

母ポリアナのような美人ではないし、特別に聡明《そうめい》なわけでもない。体つきとか仕草とか教養とか、全てにおいて女性として飛び抜けた魅力もない。

デラウェス家も、特別裕福な貴族ではない。だから持参金もたいしたことはないし、用意されている東の小領地は少し豊かなだけの田舎だ。

エディークの穏やかな口調は心地好い。

弾けるような大きな笑い声をずっと聞いていたい。意外に器用な大きくて硬い手も、ひどい傷痕が残る顔も、見上げるほどの大きな体も、時々強い光をたたえる青い目も、嫌いではない。嫌えるわけがない。

一つだけわがままが許されるのなら——一生、そばにいてほしい。ずっと、ずっとエディークが好きだった。

ふいに、頬の違和感に気付いた。

アデリアは慌ててエディークに背を向けた。顔に触れると、指先が濡《ぬ》れた。

涙だ。目から涙が流れている。

正面にある絵物語の棚を眺めるふりをしながら、指で涙を拭う。

ハンカチはどこに置いてきてしまったのだろう。今日に限って持っていない。両親に呼ばれるまで刺繍をしていたから、テーブルに置いてきてしまったようだ。侍女たちも近くにはいない。控えている侍女に合図を送るには、エディークがいる方向を見なければいけない。それはだめだ。

少し混乱しながら咳払いをする。声には影響はないようだ。涙を拭って頬に手を当てると、とても熱くなっている気がした。

「……エディークは、カルバン家の三男なのでしょう？　司書ではなくなったのだから、私に敬語を使う必要はないわ」

「敬語は習慣のようなものですが、気になるのなら改めていきましょう」

「改めるべきよ。だってあなたは、私と……結婚、してくれるのでしょう？」

ピンと伸びた背中とは裏腹に、アデリアの声は消えてしまいそうに小さくて震えている。

それが恥ずかしくて、アデリアは背を向けたままうつむいてしまった。

ふわふわと波打つ長い黒髪を見ていたエディークは、軽く首を傾げてから足を踏み出した。

「……そういえば、お嬢様はご存じでしょうか」

口元に笑みを浮かべ、ゆっくりとアデリアの前へと回り込んでいく。少し足を引きずって歩きながら、エディークは静かに言葉を続けた。

「騎士というものは、実はとても独占欲が強いのです。自分の馬や剣は他人に渡したくはないし、一時的に貸すことすら好まない。我々貴族は元は戦士階級ですから、その傾向が特に強いのですよ」

「……そうなの？」

「もちろん私にも独占欲はあります。同時に、熱中したものに深くのめり込む気質もある。だから、あなたは私の馬にお乗せするし——あの時は自重しましたが、お望みならこの体が壊れるまで走らせてしまうでしょう」

足を止めたエディークは、正面からアデリアを見下ろす。

手にしたハンカチでアデリアの顔を拭う。驚いたように大きく見開いた目を覗き込み、涙が止まっていることを確かめて少しほっとした顔をした。

それから、騎士や使用人ではあり得ないような、唇の端を歪める癖の強い笑みを浮かべた。

「今後何があっても、あなたを手放すつもりはありません。どうかお覚悟を。……アデリア」

低い声は、ことさら甘く名前を紡ぐ。

見慣れない笑みを見上げ、ぽかんと目と口を丸くしていたアデリアは、じわじわと言葉の意味を理解して慌てて顔を背けた。真っ赤になりながら早足で扉口へと向かう。

廊下に出る直前に、アデリアはそっと振り返る。

目が合ったエディークはまた笑った。今度は、アデリアがよく知る優しい笑顔だった。

書物室を出た二人は黙々と歩いた。

無言なのは、アデリアが背を向けて歩き続けるからだ。エディークは沈黙すら楽しんでいるように微笑んでいる。

その後を、侍女たちは笑いを堪えながら少し離れて従っていた。

やがて、書物室からの最初の角まで来た。

アデリアが角を曲がる直前、後ろを歩くエディークはふと侍女たちを振り返った。若い侍女たちをちらりと見やり、さらにその後ろへと目を向ける。

それにつられて、二人の侍女は足を止めて振り返った。何かあったのかと、もと来た書物室への廊下を見回して首を傾げる。

アデリアは後ろの様子に気付いていなかった。前だけを見ながら歩き続け、廊下の角を曲がった。無意識に聞いていた背後の少し引きずる足音も、すぐに続いて角を曲がったようだった。

次の瞬間、アデリアは腕を引かれた。

ぐいっと引っ張られた体は、壁に押し付けられていた。大きな手がアデリアの頬を挟み込む。そのまま上向きにされ、驚きの声を上げようとして……エディークの口付けにふさがれた。

静かな侍女たちの足音が、廊下の角に近付いていていた。

なのに、エディークの唇が何度も触れてくる。やっと遠のいたと思ったら、顔を傾けてさらに深

く口付けされた。

侍女たちの衣擦れが聞こえた。

もうすぐ角を曲がってくるだろう。見られてしまう。

完全に混乱していたアデリアは、やっとそのことに気付いた。慌ててエディークの大きな体を押しのけようと手に力を込めた。

エディークはあっさりと離れてくれた。

頰に触れていた手も離れた。しかし彼の親指は、名残を惜しむように唇に触れる。

少し前の口付けを思い出して、思わず身を硬くする。そんなアデリアに優しく微笑み、今度は乱れた前髪を撫で上げて額に軽く接吻《せっぷん》した。

「……ま、まあ！　失礼しました！」

角の向こうから現れた侍女たちは、慌てて一歩下がって目をそらした。

ちらりとそれに目をやったエディークは、アデリアに悪戯っぽく笑いかけ、長く垂らした癖のある黒髪に触れて、指を潜らせるように絡ませた。

「初めはどうしようかと思いましたが、今は奥方様に感謝していますよ」

「……その言葉、後悔するかもしれないわよ？」

「それはこわいな。だが、とりあえずは……」

エディークはまた顔を寄せる。

意図を察して慌てて顔を背けながら押しのけようとしたけれど、頰に唇がかすめていた。

「皆が見ているわ！」

「誰も気にしていませんよ」

「私は気にします！　……ちょっと、ねえ、エディーク、聞いているの！」

「もちろんですよ、アデリア。あなたの言葉は全て聞いています」

どんどんと胸や肩を叩くアデリアに、エディークは笑いながら応じた。

あやすように軽く抱きしめると、アデリアの動きが一瞬止まった。その隙に真っ赤な頬をもう一度両手で包み込んで、ゆっくりと口付けをする。

乾いた柔らかな春の風が、二人の髪をふわりと吹き乱して去っていった。

番外編　カルバンから来た騎士

その日は、朝から乾いた風と明るい日差しに満ちていた。

空気は冷たいけれど、太陽の光がたっぷりと降り注いでいて心地の好い天気だ。開け放った窓からは、小鳥たちのさえずりが聞こえている。

こんな日は、屋外で過ごすと気持ちがいいだろう。

なのに、アデリアは窓に背を向けて自室にこもっている。なにもこんな日にしなくても、と侍女たちが目配せしあう中で、脇目も振らずに刺繍に取り組んでいた。

「あの、お嬢様」

「……何かしら、ネリア」

「今日は散策日和でございますよ」

「きょ、今日は刺繍がしたい気分なの。途中になっていたところが、どうしても気になっていて」

「そうですか？」

侍女たちは顔を見合わせる。

ネリアに肘で突かれ、オリガが恐る恐る口を開いた。

「あのですね、実はその……」

なおもためらうオリガに、ネリアは今度は強めに肘で突く。

一瞬顔をしかめ、すぐに咳払いをして姿勢を正したオリガは、目をそらしながら言葉を続けた。

「その……エディーク様は、今朝早くにご出発なさいました」

「……えっ？」

アデリアは愕然と顔を上げた。

その拍子に刺繍用の針がぷすりと布に深く刺さり、アデリアは慌てて針を抜いた。しかしその手元も狂ってしまい、鋭い先端が左手の指に浅く刺さった。

「あっ」

「お嬢様、布はこちらに」

侍女たちの反応は早かった。

すぐに刺繍をしていた布と針を受け取り、ぷくりと血が盛り上がる指にハンカチを巻いてきゅっと押さえる。

「他にお怪我はありませんか？」

「ええ。ちょっと刺さっただけよ。でも……出発ってどういうこと？」

「やっぱりご存じではなかったのですね。エディーク様は今朝早くに、騎士領主となる予定の地へ向かわれました」

「……そんなこと、聞いていないわ」

「昨日の夜に急に決まったそうでございますよ。正式な婚約の前に、現地を視察して確かめてもらうため、ということになっていますが。でも実際は……ねぇ？」

「ええ、実際は……と思いますよ？」

二人の侍女たちはクスクスと笑い合う。

なすがままに傷の手当てをされていたアデリアは、ようやく我に返って座り直した。ハンカチを巻いた指を動かすと少し痛みがあるが、それどころではない。気を取り直して軽く咳払いをした。

「えっと、その、エディークは一人で行ったの？」

「いいえ、バラム様とご一緒です。他には家令様と、カルバンのご領主様、それに護衛としてメイリック様も同行しているそうですよ」

「そうだったのね。そういえば今日は、お客様とバラムお兄様をお見かけしていなかったわ。……でも実際はということは、本当の理由は他にあるの？」

「はい、それはもちろん！　きっとこれもまだご存じではないと思いますが、昨日、お嬢様がお部屋にお戻りになった後、本当に大変だったそうですよ」

「奥方様付きの侍女たちが詳しく教えてくれました！　メイリック様が、こう、エディーク様の胸倉をつかんでっ！」

「それは大変な剣幕だったそうですよ！　領主様が呆れ顔で止めようとなさっていたら、今度はテーブルに、ガツッ！　と短剣が突き立てられてっ！　もう室内の空気が凍りつくようだったそうです！」

「……よくわからないけれど、エディークに対してというと、それはもしかして……」

アデリアは視線をそらした。

頬が熱い。きっと真っ赤になっているだろう。

──昨日、アデリアはエディーク・カルバンから求婚された。

両親は受諾を示し、次期領主であるバラムも異議を唱えなかった。アデリア自身も承諾を伝えた。

そして、その後……エディークに口付けされた。

アデリアは両手を熱くなった頬に当てて、首を振った。

その手もすぐに離してしまう。

昨日頬に触れたエディークの手が、もっと大きくて硬かったことを思い出してしまったのだ。何度も触れてきた唇とか、抱き寄せられた体の大きさとか、耳元で聞こえた低いささやきとか、振り払っても蘇ってしまって落ち着かない。

アデリアはもう一度首を振る。

今は、次兄メイリックが怒っていた理由だ。

あの時、いろんな人に見られていた。侍女たちはもちろん、他にも人がいたはずだ。当然のようにメイリックにも報告がいったのだろう。

「……でも、だからと言って、メイリックお兄様も剣を持ち出すのはよくないと思うわ！」

アデリアがそう憤慨すると、侍女たちは顔を見合わせ、くすくすと笑った。

「お嬢様、テーブルに短剣を突き立てたのはメイリック様ではございませんよ。バラム様です！」

「…………えっ？」

「逆上していたメイリック様はもちろん、駆けつけていたご親族の皆様まで、一気に静かになったそうですよ！　さすがバラム様ですっ！」

「お嬢様はお気付きではなかったと思いますが、あの時、バラム様もいらっしゃいました。だからきっと、バラム様は昨日の今日でエディーク様を外へとお連れしたんだと思いますよ。お気の毒とは思いますけれど、やっぱりお嬢様への態度は、ご結婚までは節度を守っていただかねばなりませんからねっ！」

侍女たちは楽しそうに笑い合う。

アデリアに反論する気力はない。何より、長兄に見られていたということが一番気恥ずかしい。

予想もしないことばかりを聞かされたアデリアは、目を伏せて黙り込むしかなかった。

◇

デラウェスの領主館は、百年前から時間が止まっているように見える。

特に王都から伸びる街道から丘を越えてやってくると、開けた平和な現在の農耕地から王国創立期へと時間をさかのぼっていくようで目眩《めまい》を覚える。

その昔、デラウェスは国境だった。

農地があったから街ができたのではなく、国境の守りとなる砦を作ったことで街が生まれた。

農耕地帯として開拓が進んだのは、国境が動いた後。戦火が遠のいて、安定した時代になってからだ。そうなってようやく土地を耕し、水路を巡らせる余裕もできた。

だからデラウェスでは、他領に比べると農地が少ない。手をかければ豊かになりそうな土地があるのに、それはまだ可能性を秘めた状態のままだった。

五十年以上前の王国の農耕地のように。

戦火の及びやすい国境領主でなくなれば、税や軍事費負担への優遇は消滅する。そうなると、領内の農産物の量が領主家の力を直接左右することになる。結果、農地が少ないデラウェスの国力は上がらず、王宮では半ば名を忘れられた地方領主となってしまった。あるいは、軽い嘲笑を伴って語られる田舎領主だ。

もちろん、それは正しい評価ではない。

東の小領地から戻る道を進むエディークは、馬上から堅固な砦風の領主館を眺めた。

建増しや改築で美しい姿となっているが、基本的な形状は砦のままだ。周囲の風景と一体となって、そこだけ国境領主の時代のままに見える。

二年前、初めてデラウェス領主館を見た時は、鬱屈した気持ちを忘れて見入ってしまった。自由に動かない体のことも、鈍く続く痛みも忘れ、馬車の窓から身を乗り出すように見続けた。

領主の一族と接してからは、デラウェスは平和な田舎ではあるが、落ち目の地方領地ではないと確信する。デラウェスの領主一族は、今なお戦士としての誇りと気質を守り受け継いだ古風で大領主らしい貴族だった。

国王が療養地としてデラウェスの名を挙げたのは、ただの偶然だったのかもしれない。たまたま王宮にデラウェスの領主がいたから、思い出しただけかもしれない。

それが気まぐれだったにしろ、エディークは国王に感謝している。

王都から遠く離れているために、王国軍の上級騎士として華々しい功績をあげたエディーク・カルバンという男は知られていない。そんなデラウェスだからこそ、体に傷を負い、騎士としての人生を失った男を隠すのに最も適した場所だった。

少なくない傷痍兵の一人として扱われたことで、常に己に課していた気負いから解放された。体が癒えるとともに心の落ち着きを取り戻し、人々の笑顔と信用を得る穏やかな日々に心地好さを感じた。

昔ながらの貴族の匂いを濃厚に漂わせる領主一族に仕えながら、静かに一生を終えるのも悪くないとも考えた。

だが結局は、エディークという男は騎士だった。

生きる場所が戦場から離れ、血と革の臭いの代わりに土と水の匂いが身近になろうと、古き時代の貴族そのもののように馬に乗り、剣を振るい、民を守ることを生き甲斐《がい》にする愚かな生き物でしかないのだ。

エディークはわずかに苦笑を浮かべ、手綱から手を離して太腿《ふともも》に手を置いた。

王都から馬を駆けさせた無謀の代償か、今もまだ時々痛みがある。

だが、移動に半日をかけるゆっくりとした行程なら負担にはならない。視察した小領地で数日滞在したこともあって、体の調子は悪くなかった。

少しずつ近付く領主館から目を離し、エディークは周りを見た。

隣で馬を進めているのは、デラウェスの次期領主バラム。年齢はまだ二十代だが、極めて冷静な判断ができる人物だ。

彼を見ていると、祖父を思い出す。

カルバンの繁栄の基礎を作った祖父は、貴族領主としては病弱な人だったが、老いてなお冴え渡る頭脳と冷ややかな目は、今でも強烈な記憶として残っている。バラムも、エディークの祖父と同じようにデラウェスを守り伸ばしていくだろう。

しかし……「義兄」としてはどうなのだろうか。

未来の義兄の年齢が自分より六歳も下というのは、なかなか複雑なものだ。

もう一度苦笑を浮かべたエディークは、一行の先頭にいる騎士が振り返ったことに気付いた。

赤みの強い髪と美麗な容姿を持つその騎士も、エディークの義兄となる人物だ。王国軍に属しているもう一人の未来の義兄とともども、その若々しくまっすぐな気性はまぶしい。

いや、貴族らしい気質は好ましいのだ。だがあまりにも若い。自分がどれだけ若い令嬢に求婚したかを思い知らされて、顔を合わせるたびに心臓に悪い。

振り返ったメイリックは、目が合ったエディークをジロリと睨みつけた。しかし珍しいことに、すぐに目をそらす。どうやら、バラムに合図を送るために振り返ったようだ。

バラムはすぐに手綱を持ち直した。

「エディーク殿。貴殿はカルバンのご領主と我が家の家令と共にゆっくりまいられよ。我らは一足先に行く」

それだけ言うと、バラムは軽く馬の腹を蹴る。

馬はすっと脚を速めた。あっという間に先頭のメイリックに並び、追い抜いていく。

メイリックは馳け抜ける長兄ににやっと笑いかけてから、警護の騎士たちに手で合図をして半数を引き連れて追っていく。残った警護の騎士は隊列を変えて、家令とカルバン領主レナルを守る形になった。

「あの方々の若さが羨ましいですな。昔はともかく、今の私はもういい年齢ですので、馬での旅は得意ではありません。ゆっくりで申し訳ない」

「家令殿が気にする必要はないぞ。デラウェスの次期領主殿は騎士以上の武人らしいが、私は体を動かすことは得手ではないのでね。どちらかと言えば家令殿寄りの仲間だ。だが、我が弟は我らとは違うかもしれないな」

家令と馬を並べているレナルは、口ではそんなことを言っているが、この旅行を楽しんでいるのは間違いない。

兄と家令に目を向けたエディークは、小さくため息をついた。

「無理が利かないのは私のほうです。長距離移動の後でなければ、もう少し余裕はあるのですが」

「仕方がありません。エディーク様は大仕事をやり遂げたのですから」

家令はしみじみと言う。

それを聞きつけたレナルは、目を輝かせて馬上で身を乗り出した。

「確かに、エディークにしては大仕事だったな！　あの過激な兄君方がいないから言うが、アデリア嬢は実に愛らしい！　かと言って、ふわふわしすぎてもいない。そろそろエディークの嫁を探してやりたいと思っていたが、あれほど愛らしいご令嬢は思いもつかなかった。まあ、少々想定していたよりお若いが、古豪デラウェス家らしい凜としたところもある。見事な審美眼だぞ。さすが我が弟だ！　……おっと、家令殿、今の話、デラウェスのご兄弟たちには内密に願えるかな？」

「さて、どうでしょうか。私も年を取ってきましたので、我が主人の不利益にならない場合は忘れっぽくなるかもしれませぬ」

家令は静かにつぶやく。レナルは相変わらずの笑顔で楽しそうだ。

エディークはため息をついて苦笑した。しかしその目は周囲への警戒を怠らない。さらに視線を動かして、残っている警護の騎士の数と配置を確認した。

デラウェス領軍の騎士は半分になったが、カルバン領の騎士も同行している。実質的にカルバン領主レナル用の護衛編成だ。それに、騎乗している限りエディークも戦力と見なしているらしい。

アデリアへの気持ちを抑えるのをやめたために、デラウェスでの信頼は揺らいでしまったかと思ったが、一応は以前通りの信頼を保ったままのようだ。

そのことにほっとする。同時に、騎士としては誇らしいのに、妙に居心地の悪さを感じて苦笑いをしてしまった。

「ふむ、やはりお嬢様にお迎えいただけましたか」

複雑な思いを抱えるエディークをちらりと見た家令は、ふと何気なさそうにつぶやいた。

独り言のふりをしているが、馬を並べたエディークが顔を向けると、待っていたように前方を指差す。

促されるままに目を向けた先に丘が見えた。街道から領主館に至る道が登っていく場所だ。

その丘の上に、馬を連れた小柄な女性がいる。近くに侍女らしき女性がやはり馬を連れて控えているから、乗馬の口実で迎えに来たのだろう。

アデリアだ。

丘の頂上で待っていたデラウェス家の令嬢は、兄たちが丘を駆け上ってくるのを背筋を伸ばした美しい立ち姿で迎えた。

馬を止めて降り立った長兄へは、丁寧な礼をした。まだ遠いからよく見えないが、いつものように緊張した顔をしているのだろうか。それでも兄たちの無事の帰還への喜びを隠しきれずに、笑顔がすぐに戻ってくるはずだ。

メイリックに対しては、長兄へのものより少しくつろいだ笑顔を向けているだろう。

馬を歩かせながらエディークが微笑んだ時、バラムが妹の頭に触れた。

びくりと姿勢を正すアデリアに何かを言いながら、風で乱れる長い髪を撫で付けている。

「おやおや、お嬢様は、まだバラム様への態度は硬いようですな」

「確かにいつもお硬いようですが……最近はそうでもないのではありませんか？」

エディークはそう言って前方を指し示した。

眉をわずかに動かした家令は、目の上に手をかざして目を凝らす。

緊張で身を硬くしていたアデリアは、ふわりと微笑んでいた。そして兄の手を捕まえるように腕の辺りに触れる。

思いがけない行動をした妹をどう見たのか、バラムはまた何か声をかけたようだ。一瞬の間の後、アデリアはぱっと兄から手を離した。

それから、エディークたちの方へとおずおずと振り返った。

少しずつ近付いていている今、何かをためらっている様子がよくわかる。ちらちらと兄を見上げる顔は、なぜか赤い。

どうしたのだろう。それに、メイリックがアデリアを前に押し出そうとしている行動もよくわからない。

エディークが首を傾げながら前髪をかきあげた時、アデリアは口元に両手を添えて大きく息を吸った。

「……エディーク！」

細い声が、エディークの名前を呼んだ。

メイリックがからかうように妹の肩に手を置いて、何かを言っている。アデリアは恨めしそうに次兄を振り返り、それからさらに大きな声で呼んだ。

「エディーク！」

今度は遠くまでよく通る声だった。

馬たちは聞き慣れた声に耳を動かし、騎士たちは笑いを噛み殺しながらお互いに目配せをする。

丘の上を吹く風が、癖のある長い黒髪をふわりと広げていた。

レナルは「これはこれは」とつぶやいて、笑みを堪えながら弟を盗み見た。家令もエディークに目を向ける。隻眼の騎士がどこか顔を強張らせていることに気付くと、いつもは厳しい顔を笑みで崩した。

「お嬢様がお呼びですよ。カルバンのご領主様の守りは騎士たちに任せて、先に行かれては？」

「しかし」

「まあ、もう一度か二度、大きな声で名前を呼んでいただきたい気持ちはわかりますが、早く行って差し上げるべきですよ。ほら、お嬢様はあんなに真っ赤になっておいでです」

家令に言われるまでもなく、アデリアの赤い顔は見えている。

慣れない大きな声を出した上に、兄たちの視線を背に感じ、いたたまれないようだ。

その目は、しかし丘を登り始めたエディークを見ている。

エディークは無意識のうちに手綱を握り直した。主人の心を感じ取ったのか、たくましい軍馬はわずかに脚を早めて家令より少し前に出た。

それに気付いたのだろう。アデリアは恥じらいを忘れたように手を大きく振った。

丘の上を見ながら、エディークは愛馬の腹を蹴った。

ただ丘を登るだけにしては激しすぎる指示に、しかし軍馬は不満を示すことなく楽しげに坂道を駆け上がる。始めは軽やかだった足取りは、前方に敵兵を見出した時のように荒々しく激しくなっていく。

軍馬の疾走で、カルバンの領主と家令たちはあっという間に背後に離れ、道の先の丘の頂上が迫ってくる。

小柄な令嬢は笑っていた。

羞恥ではなく、再会の喜びのために頬を染めている。

風がまた長い黒髪を吹き乱した。

草の香りに満ちた風の中に、甘い香りがわずかに混じっている。アデリアの肌にすり込まれた香油の香りだ。馴染んでいるために、たぶん本人は気付きにくくなっているだろう。

しかし、この香りはアデリアの影のように付き従って、去った後も足跡のようにしばし残る。

書物室では、よくこの香りを嗅いでいた。

デラウェスに来て間もない頃、領主の令嬢は軽やかな足音とともに書物室を訪れ、令嬢らしくない本を所望しては去っていった。ごく控えめな柔らかな香りは、手がよく動かない苛立ちを和らげてくれたものだ。

名前を問われた頃は、アデリアは本のためというより、誰にも言えない愚痴をつぶやくために書物室に通っていたのだろう。

笑顔とともにかすかな香りを残して去る年若い令嬢は、微笑ましいほど若々しかった。まだ子供だと思っていた。それが気が付くと、若く魅力的な女性に見えてきた。

初めて笑顔に目を奪われたのは、いつだったか。

甘い香りをまとわせた華奢な体を見下ろしながら、己の腕の中に閉じ込めてしまいたいと何度考えただろう。司書にあるまじき衝動に、どれほど戸惑ったか。

再び足を踏み入れた王宮の日々は、戦場とは異なる緊張感と充実感があった。

国王からの信頼と部下たちの敬意に満足しながら、しかし何かが物足りなかった。生々しい血の臭いの中で命を賭ける生き方でしか喜びを得られない、人としてはすでに壊れた存在なのかと己を危ぶんだ。

その一方で、腑抜けと笑われても苦笑しか出てこなかった時には、騎士としての資質以前に、自分は枯れてしまったのだろうと考えた。

結論としては、どちらも間違いだった。

アデリアの笑顔を永遠に失うかもしれないと恐怖したあの日、手紙を手に立ち上がった時には王宮を去ることを考えていた。一晩考えても覚悟は変わらず、ためらいはなかった。

代わりに、ずっと忘れていた憧れを……祖父や父を見て、土地と領民を守る領主に憧れた過去を思い出した。

三男として生まれた意味を理解した幼い頃に捨て去り、もはや未練はないと思っていた憧れが、今は手に届くところにある。

デラウェス家の人々は昔ながらの領主貴族で、未開の地はまだ広がっている。騎士領主として生きるのなら、かつての憧れ通りに農地を拓《ひら》き、領民を守りながら剣を取ることになるだろう。

かすかな香りが風に運ばれ、鼻腔《びこう》をくすぐった。

甘い香りは冷静な思考を縛り、荒々しい衝動が理性を揺さぶる。

一瞬、エディークは手綱を硬く握りしめた。しかしすぐに目を伏せてゆっくりと息を吐く。再び目を開けた時には冷静さが戻っていて、馬に速度を落とす指示を出す。軍馬はやや不満そうに耳を動かしたが、従順に脚を緩めた。

馬を止める場所を探して目を動かした時、アデリアの背後に立っていたメイリックが、突然妹を抱き上げた。

「えっ？　メイリックお兄様？」

驚くアデリアを渋い顔で見やり、それから小柄な体をエディークに向けて高々と掲げた。

「口はしっかり閉じていろ。……早く受け取りに来ないと、アデリアを投げ渡すぞ！」

慌てる妹には優しく言うが、エディークには厳しい口調で言い放つ。そしてメイリックは、抱えた妹を荷物のように大きく振った。

呆気にとられたものの、エディークはすぐに意図を悟った。

慌ただしく馬の腹を蹴り、再び愛馬に疾走を命じる。その馬上で片手を手綱から離し、鞍に固定している剣の位置を動かした。

それを見ながら、メイリックはもう一度アデリアの体を大きく振った。

「早く受け取れ！」

次兄の言葉は理解し難かった。

でも大きく振られた体が、ふわっと浮かんだ現実よりは理解できた。

兄の手が離れている。本当に投げたらしい。

急激な浮遊感に、背中がぞわりとした。口を閉じていろと言われたから、悲鳴を押し殺してしっかりと口を閉じていたものの、理性より恐怖が勝りそうになる。

そんなアデリアの視界の端に、鹿毛の馬と金色の髪が見えた。遠くへと放り投げられたのかと思ったけれど、軽く投げ上げただけだったと理解したのは、体をしっかりと抱きとめられてからだった。

「アデリア」

名を呼ばれ、体を引き寄せられていた。大きな体に密着する。すでに馬は足を止めていたようで、予想したような衝撃はなかった。でも無理な体勢でアデリアを受け止めたのか、エディークの体は鞍上でぐらりと傾く。

幸い、馬から落ちるほどではないようだ。

ゆっくりと座り直したエディークは、大きく息を吐いた。

頼もしい軍馬は平然としていて、主人を助けるようにバランスを取りながら数歩動いた。

「お怪我はありませんか？」

「ええ。大丈夫よ」

アデリアはほっとしながら答えたが、エディークにしがみついたままだと気付いて慌てて体を少し起こす。

エディークは、アデリアを軽く持ち上げて馬の背に座らせた。

馬のたてがみをつかんで、ほっと息をつく。それからアデリアは次兄メイリックを振り返って睨みつけた。

「メイリックお兄様。急に投げないで！」

「受け取り損ねるようなら、追い出したかったんだがな」

「ひどいわ。怪我をしたかもしれないのに！」

「エディーク殿なら一緒に落馬することはあっても、お前に怪我をさせることはない」

メイリックは真顔で言い切った。変なところで信頼しているらしい。

アデリアは不満を訴えるように長兄を見た。しかしバラムは冷ややかな顔のままメイリックを見やっただけで、何も言わない。

すぐに妹とエディークに目を戻し、ちらりと太陽を見上げた。

「以前、軍馬を走らせてみたいと言っていたな。ちょうどいい機会だ。そのまま領主館の周りを走ってもらうといいだろう」

「……え？　あの、バラムお兄様、それはいったい……？」

「だが、そなたにも予定はあるだろう。エディーク殿も疲れているかもしれないから、走るのは一周だけだ。それ以上は許さない」

それだけを言うと、バラムは自分の馬に乗った。

メイリックも騎乗した。しかし視線はエディークに据えたままだ。

「……黙認するのは一周する間だけだぞ。ゆっくり歩くのもだめだ。全速力で一周する間だけは目をつぶってやる」

それだけ言い捨てて、メイリックは先に馬を走らせる長兄を追っていった。

カルバン領主レナルと家令は、まだ丘のふもとあたりをゆっくり進んでいる。

乱れた髪を撫で付けながら呆然と兄たちを見送ったアデリアは、ようやく落ち着きを取り戻して、ほっと息をついた。

「いったいどういうことなのかしら。エディークはわかった?」

「もちろんです。つまり……領主館を一周する間は、二人だけでいることを許していただいたのですよ」

アデリアはエディークを見上げた。黒い幅広の眼帯の下で、エディークは苦笑していた。こういう顔をしていると年上の落ち着きを感じる。

そんなことを考えながらふと目を動かすと、エディークが後遺症のある足を撫でていることにも気付いた。

「足が痛むの?」

「痛みがないといえば嘘になりますが、ひどくはありません。とっさに忘れてしまう程度のものです」

「本当に? でも今日はもう半日くらい馬に乗っているのでしょう? 早く休んだほうがいいわ。

私、降りるわね。誰か、踏み台を……」

「アデリア」

侍女を振り返ろうとした時に名を呼ばれて、アデリアは口を閉じた。それから、敬称なしで呼ばれたと気付いて、頬が熱くなった。

横座りしているから、眼帯のない左側の顔がよく見えた。こめかみの傷痕も、目尻の垂れた目元も、金色のまつげもよく見える。

エディークは微笑んだ。いつも通りに優しくて穏やかな笑顔で、でも全てを裏切るように目の光は強い。

その落差にどきりとする。きっと顔はますます赤くなっただろう。

エディークは目をそらしてくれなかった。

目をそらすことも許してくれない。

間近から覗き込みながら、黙り込んだアデリアの手を持ち上げて指先に口付ける。その間も目をそらさない。アデリアが手を引こうとしても、柔らかく握って阻んだ。

アデリアが少し息苦しく感じた時に、やっと目を少し伏せた。

ほっとしたのも束《つか》の間、目を上げたエディークが小さく笑いながらまだ指輪をはめていない左手の薬指に軽い口付けをして、爪先で軽く馬の腹を蹴った。

軍馬の一歩は大きい。

アデリアは揺れを理由にエディークから目を離した。握り込まれていた手も、あっさりと自由になった。

そのことに少しほっとする。

でも、どこかで残念な気がした。

大きく揺れて横座りした肩がエディークの体に当たる。布越しの体温は不思議なくらいに心地好かった。

「アデリア」

「……な、なにかしら？」

「以前、軍馬の速さを体験してみたいと言っていましたね。もう誰かに乗せてもらいましたか？」

「いいえ。一度だけメイリックお兄様に頼んでみたけれど、気候が安定するまで待てと言われてしまったの」

「なるほど。それであの言葉か。……私の馬なら、領主館の一周はあっという間だ。しかし私もまだ体は万全ではありませんから、今日は長くは走れません。さすがにバラム殿は抜かりがない」

「バラムお兄様がどうかしたの？」

「あの方はあなたに甘いが、それだけではないということですよ。……万が一に備えて、しっかり鞍を持っていてください」

エディークは苦笑しながらそう言うと、アデリアの腰に軽く手を添えた。

たったそれだけなのに、ついびくりと震えてしまった。子供じみた動揺に気付かれていないことを祈ったのに、背後から笑いの気配がする。誤魔化すように背筋を伸ばすと、突然腰に回った手で強く引き寄せられた。

肩だけでなく、腕も耳もぴったりと広い胸に押し当たる。

頬が熱い。

心臓が高鳴りすぎて苦しいくらいに感じた時、背中に感じていた手が動いて頭をするりと撫でた。

大きな手は温かい。

肩の力が少し抜けた。それを待っていたように、軍馬はさらに速く駆け始めた。軽い駆け足はすぐに歩幅の大きな疾走となる。蹄が地面を蹴るたびに、ぐんと風景が後ろへと流れていき、アデリアはエディークの体に押し付けられた。

強い風を感じて思わず身を縮めると、腰を支えていたエディークの左腕が包み込むように動いた。

乱れる髪を撫で付けられた気がして目を上げると、間近にある顔が心配そうに見ていた。

「大丈夫ですか」

耳元で声が聞こえる。

疾走中だからか、いつもより大きめの声だ。風と蹄の音の中でもはっきりと聞き取れた。

「怖くありませんか？」

「大丈夫よ！」

アデリアは叫び返した。

その声は無事に伝わったようで、エディークは微笑んだ。

エディークは前を向き、愛馬にさらなる疾走を命じる。たくましい軍馬は二人の体重を感じてい

ないかのように、領主館を囲む草地を駆けた。

高い位置での疾走は実際以上に速く感じる。アデリアは鞍をしっかりとつかむ。でも半周を過ぎた頃には、周りに目を向ける余裕が出てきた。

怖くはない。

緊張も解けて高揚する。

馬が止まった時には、見下ろしたエディークが驚いた顔をするくらいに笑っていた。

「楽しかった！　とても楽しかったわ！」

「……それはよかった」

興奮気味なアデリアを見ながら、エディークはなぜかため息をついた。

その顔を見上げながら、もしかして騒ぎすぎただろうかとアデリアは不安になってしまった。

「エディーク、私、はしゃぎすぎてしまったのかしら？」

「いいえ。……実は、私はとても緊張していたのですよ。今の私は昔ほど動けない。どうしてもとっさの反応が遅れてしまう。馬が脚を取られたら、駆けるのが速すぎたら、あなたの気分が悪くなってしまったら。そんなことを考えて、初陣の時よりも緊張したかもしれない。それなのに、あなたは本当に楽しそうな顔をしている」

そうつぶやいて、エディークはまたため息をついた。

今度は先ほどよりも長くて深い気がする。アデリアは少し慌てた。

「エディーク、あの、ごめんなさい……？」

「謝る必要はありません。むしろ嬉しいのですよ。それだけ私を信頼してくれているのでしょう?」

「当然よ。エディークと一緒なら何も怖くないもの」

アデリアはやや申し訳なさそうに、でも誇らしそうにエディークを見上げた。

その目がふと動き、真剣な目の動きに合わせるように指を鮮やかな金髪に伸ばした。

「白い髪があるわ」

「そうですか」

「きれいな金髪と思っていたけれど、よく見ると、白髪もあるのね。気付かなかったわ」

「負傷の折に増えたようです」

「そうなのね。でも……エディークの髪は好きよ。きれいな金髪も、こっそり交じったこの真っ白な髪も」

アデリアはそう言って微笑み、もっと白髪を探そうとエディークの髪に指を通していく。

傷痕のあるこめかみにも触れて、その生え際をまじまじと見つめながら指を髪の中に入れた。

「叔父様たちならこの辺りに集まっていたりするから、探したらもっと見つかるのかしら。でも、そうね、今の金色もきれいだと思うけれど、真っ白になっても、色が混じっていてもきれいでしょうね。エディークは立派な大人だし、騎士領主はそれなりの貫禄も必要だから……」

「……アデリア」

髪を触りながら言葉を続けるアデリアを、エディークはため息交じりに遮った。

先ほどと違って、その顔に笑みはない。

アデリアは目を瞬かせて口を閉じた。さらにもう一度ため息をついたエディークの顔は、不機嫌というより困惑に近いように見えて戸惑ってしまう。

エディークの青い左目は空や草地をさまよい、さらに領主館へと動いた。

しかしそちらからはすぐに目をそらし、馬を動かして背を向けた。

「あまり、私を信用しないでください」

「え？」

「……節度を守れと釘を刺されている身としては、居心地が悪い」

手綱を離し、エディークの髪を触っていた細い手を握る。

はっと我に返ったアデリアは、体を離そうとした。

でもその前に、腰を支えていた左手が細い体をぐっと引き寄せた。エディークは体に押し付けられた小さな顔に手を伸ばして上を向かせる。

驚いたアデリアが身構える前に、すっと顔を寄せる。鼻の頭が頬に触れ、やや粗い吐息が耳をくすぐった。

「……！」

「節度は守ります」

体を強張らせたアデリアの頬と髪を大きな手が撫でた。心地好さに少し力が抜ける。その頬に唇が当たった。こめかみにも、額にも、鼻先にも唇が優しく触れていく。

頬に長めの前髪が揺れかかった。

少し、くすぐったい。

目を閉じたアデリアは、いつの間にか微笑んでいた。その笑みを刻んだ唇にふわりと柔らかなものが触れ、何度かついばむように動いた後に離れていった。

顔にかかっていた髪が離れ、エディークの体温も離れてしまった。暖かな光を浴びているのに、急に肌寒く感じる。思わず身を寄せたくなったけれど、指先に金髪が触れたところで我に返り、アデリアは慌てて手を引っ込める。

その動きを目で追ったエディークは、もう一度額に口付けをしてからため息をついた。

「……これでは、またどこかへの視察に連れ出されるかもしれないな」

「視察？」

「あなたに触れすぎたかもしれません」

何度か瞬きをしていたアデリアは、はっとしたように領主館へと振り向いた。

あからさまにこちらを見ている人影はないけれど、長兄バラムの執務室の窓辺に誰かが立っている気がする。

カーテンだったらいいのに。

急に恥ずかしくなり、アデリアはエディークの体の陰に隠れたくて、目の前の肩に額を押し付ける。

エディークは、間近にある耳に目を落とした。

耳とうなじが赤く染まっていく。エディークは無理やりに目をそらし、軽く馬の腹を蹴った。

軍馬は背に乗せた人間たちの様子は気にしていないようだ。ただ耳を小さく動かして、指示通りに脚を動かす。

心構えができておらずに大きく揺れたアデリアの体を、エディークは包み込むように抱きしめた。

馬は、ゆったりと歩く。

そのまま歩き続けて、領主館をもう一周してしまったことにアデリアが気付いたのは、不機嫌そうなメイリックの手で馬から抱き下ろされた後だった。

はねっかえり女帝は
転生して後宮に舞い戻る
～皇帝陛下、前世の私を
引きずるのはやめてください！～
hanekkaeri jyotei wa
tensei shite
koukyuu ni maimodoru
クレイン
Illustration 鈴ノ助
フェアリーキス
NOW ON SALE
かつての姉さん女房ですが、
今世は年下妻を目指します！
朱家のお転婆娘・美暁は、皇太子の妃選びのための後宮入りに立候補！　実は美暁の狙いは、皇太子の父で現帝の雪龍!?　美暁には、先の女帝であり雪龍の妻として生きた前世の記憶があった。前世の自分亡き後、皇帝として実直に国を支え続けた雪龍は現在三十五歳。その姿を一目見たいと後宮入りするも、いざ対面した彼は、今でも妻の死を引きずっていて……。譲位し自分は身を引くつもりのようですが、まだ人生終わってませんからね!?
フェアリーキス
ピュア
fairy kiss
Jパブリッシング　https://www.j-publishing.co.jp/fairykiss/　定価：1430円（税込）

冷遇されてますが、
生活魔法
があるから大丈夫です
フェアリーキス
NOW ON SALE
こじらせ辺境伯
×強メンタル虐げられ令嬢
異母妹の代わりに、社交嫌いな辺境伯レアンドルに嫁いだアメリア。しかし、異母妹が流した「男好きの悪女」という噂のせいで、夫に一目会うこともないままオンボロ小屋に追いやられてしまう。……が、なんのその！　生活魔法で快適に過ごし、趣味の執筆活動に励むアメリア。一方のレアンドルは噂が誤解だと気付くが、今更合わせる顔がない。苦肉の策で新人編集に扮してアメリアに近付くことに。二人の距離が縮まる中、異母妹の魔の手が忍び寄り——!?
フェアリーキス ピンク
fairy kiss

ある貴族令嬢の五度目の正直

著者　藍野ナナカ　© NANAKA AINO

2024年4月5日　初版発行

発行人　藤居幸嗣

発行所　株式会社 J パブリッシング
〒102-0073　東京都千代田区九段北3-2-5 5F
TEL 03-3288-7907　FAX 03-3288-7880

製版所　株式会社サンシン企画

印刷所　中央精版印刷株式会社

ISBN：978-4-86669-652-2
Printed in JAPAN